一九五〇年代

香港詞壇與堅社

魯曉鵬 著

中華書局

紀念母親

林縵華（林美珍、林佩丹，1929-2021）

目錄

□ 林汝珩（林碧城）肖像

□ 林汝珩湯定華在校園（林汝珩前排中，湯定華後排右三，湯氏慈善基金會提供）

□ 朱孝臧〈摸魚子〉墨跡

□《碧城樂府》封面

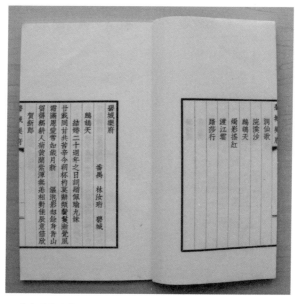

□《碧城樂府》內頁

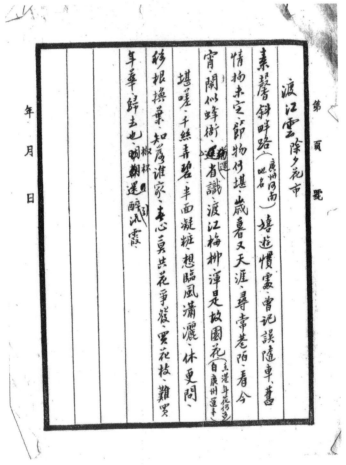

渡江雲　除夕花市

素馨斜畔路（廣州河南地名）培遊慣處曾記誤車舊

情物未定節物仍堪、歲暮又天涯、尋常巷陌、看今

宵、闃似蜂衙、（新選）省識、渡江梅柳渾是故園花（自廣州身花何多）

堪嗟、千絲毒碧、半面凝粧、想臨風瀟灑、休更問、

移根換葉、知為誰家、寄志真共花爭發、買花枝、難賣

年華歸去也、明朝還釀沆霞

年　月　日

第　頁　瑪

□ 林碧城〈渡江雲〉

渡江雲　除夕花市

波光翔錦岸珠樓映玉髻紅乳蔕

濁醪辭歲夜酒币經年賤渡又畨花尋

常巷酒怎眼前綠掩紅庭空情乃水

邊多麗方栖剛婀嬈塘誇銅街

選艷花悚樓香記玉宵不夜嘆別束

枝連蝶使地改蜂街今宵宋汝都

如夢賸賦情人在天涯知甚日青春

作伴還家

碧城詞壇　正譜　了庵呈稿

年　月　日

□　曾希穎〈渡江雲〉

□ 廖恩燾像（錢念民女士提供）

□ 廖恩燾致林碧城信

□ 廖恩燾〈廖鷓鴣天‧秋夜感懷〉

□ 廖恩燾〈漁家傲・殘臘〉

□ 湯定華與熊潤桐合照（湯氏慈善基金會提供）

庚辰甲申之際公長省立廣東大學定列諸
生公逾格栽培折節於禮定家貧公為之資
定疾公為之醫謁之則溫乎其容屬乎其言
門下四年深知公為人則仁重乎智為學則
理勝乎辭未知公於翰藻風騷固有摞能
擅美之意者乙酉會遭黨事公以解體世
紛結志海隅丁亥以還相與敷社談詞登
樓賦筆始知公於詞道學無所遺體方前
軌誠所謂氣量宏深姿度廣大者汪汪然

□ 湯定華〈跋〉另稿首頁

五月十三日游沙田小憩西林寺旋就村壚

午飲

暑雨晴回物候嘉清游差喜跡非邊天

榕海嶠容遺守宏滿雲堂仙聚鴉行書

□尋元亮酒俗僧雜辮趙州茶眼前指

黠滄桑在淺水新蒲尚藍沙

苦熱遣興

海燕炎碧氣橫天生計宵逃百慮巔窓

下羲皇佳睿夢眼中竟雛不知年浮瓜

沉李乘時樂雪藕調冰畫態妍笑□

襟裾滿塵土□湛重叩藐姑仙

右近稿兩首錄呈

碧公詞長指正　弟熊潤桐頓首

□ 熊潤桐詩

□《辛卯月當頭夜》字畫

□ 劉景堂〈石州慢・月當頭夜〉

薄紫籠山深翠捎簾燈吐霜白折枝晚菊能花

不惜一絲風力與波酒雨照暖似水詞心微寒初

殿冰甌睨門外軟塵　紅送高車南北　誰識月

收閣影梅淀衣香幾回今夕未到更闌金粟堆

中先寂江湖夜湔冷眼萬變更龍人間休間

天寬窅容易百年身祇清歡消得

月當頭夕　集碧城齋譜石州慢呈

座主雅正

紹詩

□ 張紉詩〈月當頭夕〉

匊日不勝渴想

清輝西園花事⋯珊倍增惆悵以高

陽臺長調寫之聊呈

鄧正龢

賜和則交佳也何時有暇請以電話約

叙此致

碧城詞丈

高陽臺

妻主角時更覺人惜酒遠

景堂拜啓

成拍以當驪歌

芳草滿風開荼蘼信短夢⋯日月催輪闐

遇花明年⋯枉賦傷春⋯綠拂旛亭

柳陰陰隆不解⋯人更淒⋯礙⋯香軒

草又如茵　歸來我二三都⋯誤幾番

四⋯紫陌紅塵⋯歌⋯各⋯歐濤

尊斜陽祗為⋯干暖問天涯孤影誰祝

俊⋯情芳⋯東西此情輕舉

□ 劉景堂致林碧城信及詞

踏莎行

蕭徑秋蕪槐根夢破廿甬風月蕭齋邑偶逢一句
想悠然我知魚樂君知我　曲沼佇怜茶系
憶塵故人蹤跡時相左待扶藜杖訪張山科
知君復猶高卧

碧城先生見余水族箱題詠　贈踏莎
行新詞謹和一闋呈
正

桐薪昜稿

□ 劉子平（桐薪）〈踏莎行〉

□ 區少幹〈浣溪沙〉

滿庭芳　春夜聽芳孃度曲

翠檻延風珠簾影水等閒燕夕鶯晨落紅無語

惆悵對黃昏菩喜江城月上依然又暮紛紛知何

似尤花廂底一曲過行雲　逄逄歌舞地芳繁

錦瑟影光彼茵亭不爭周郎再顧覷酒罷羅霓

裳繞夢青峰外隱約疏鐘無窮恨重翻宮譜

襟畣兩啼痕

碧城詞長正拍

一九五　年　四月二十日

一峰生稿

香港華商會所用牋　德輔道中六號七樓　電話：二二六六七七八

□ 陳一峰〈滿庭芳〉

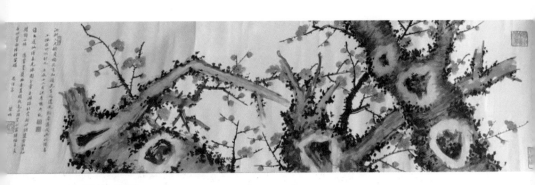

□ 汪彥慈紅梅圖

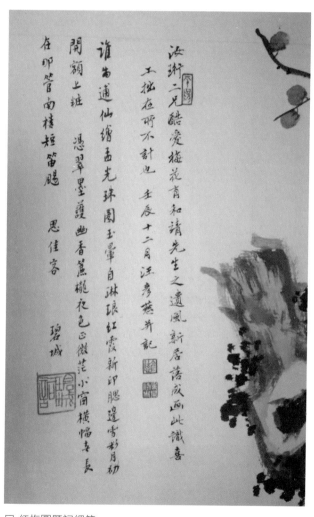

法緯二兄酷愛梅花青知靖先生之遺風新居落成寫此識喜

工拙在所不計也　壬辰十二月汪彥琮并記

誰為通仙繪孟先珠閣玉暈自琳琅紅霞新印腮邊雪杉月初

開顏上班　憑翠墨護幽香蕉櫳夜色正微茫小窗橫幅喜長

在卯管南樓短笛颸　思佳客

碧城

□ 紅梅圖題詞細節

□ 曾希穎送林仲嘉（林汝珩次子）
　畫《庚子新春》，1960 年

□ 潘新安詩〈打令嫁人〉

前言

　　談起詞社「堅社」，在今天的香港和華語區恐怕極少人知道。它活躍於一九五〇年代前期，雖然只存在了三、四年，主要成員為數不多，但至今香港的學術界仍然對其推崇備至，讚譽它對香港詞風的形成所產生的深遠影響。[1] 可以說，它是在香港文學發展史中一顆曾經發出耀眼光芒的璀璨明星。

　　由於歷史原因，在一九五〇年代，詞社的存在與發展在內地受到限制，大批文人離開大陸，南來避亂，到達香港。為了傳承中國文化，廖恩燾（1864－1954）、劉景堂（1887－1963）等人商議在香港成立一個新的詞社。這個詞社於一九五〇（庚寅）年冬在香港成立，後來取名「堅社」，詞友定期舉行社課。這樣，北京的詞社「咫社」和香港的「堅社」形成了當時中國南北兩詞壇的格局。歷史上，香港出現了一定數量的詩社，但是詞社少之又少，堅社是香港第一個詞社。應當說，堅社起到了承前啟後，繼往開來的作用。在內地已難以為繼的詞社傳統在東南一隅的香港得以保存與發展。同時，堅社也為香港詩詞後來的發展奠定了基石。這些重量級的文士、詞人離開大陸，聚集在香港，促成了香港詞界和文壇繁榮。

　　堅社的一位重要成員是林汝珩（1907－1959）。林汝珩號碧

1　黃坤堯：〈前言〉，劉景堂著、黃坤堯編纂：《劉伯端滄海樓集》（香港：商務印書館，2001 年），頁 56。

城，曾用名林達，著有詞集《碧城樂府》（1959 年初版；2011 年香港大學出版社再版）。² 二〇一二年夏，林家在香港的房子需要裝修，家人在整理舊書信和手稿時，無意中發現大量有關香港詩詞界的原始資料。數百件由當時詞人、詩人、社友寫給他的書信和作品，在塵封了長達半個多世紀後重見天日，其中很多詞作、詩作從未發表，保留下來的私人信件別人更無法看到。這些寶貴資料極大地幫助我們研究和了解一九五〇年代的香港詩詞的發展，尤其是香港詞壇的情況。多年來，香港學者對堅社以及其詞人進行了可貴而不懈的研究，碩果纍纍。³ 基於這批踏破鐵鞋無覓處，如今大量呈現眼前的新資料，我提筆寫此書，希望能夠百尺竿頭更進一步，補充這一段香港文學史的記載。

　　這些書信和詩詞來源於眾多當時活躍的、重要的詞人和詩人，計有廖恩燾（鳳舒、懺庵）、劉景堂（伯端、璞翁）、劉庸

2　林汝珩著、魯曉鵬編注：《碧城樂府》（香港：香港大學出版社，2011 年）。

3　有關對堅社的研究以及對堅社個別詞人的研究、記載和回憶，可參見以下書目及文章。1. 王韶生：〈紀香港兩大詞人〉及〈廣東詞人與香港之因緣〉，兩文同載於《懷冰室文學論集》（香港：志文出版社，1981 年）。2. 羅忼烈：〈憶廖恩燾·談《嬉笑集》〉，載羅忼烈：《詩詞曲論文集》（廣州：廣州人民出版社、香港：三聯書店，1982 年）。3. 黃坤堯：〈劉伯端詞事繫年〉，載《人文中國學報》（第二期，1996 年）。4. 劉景堂原著，黃坤堯編纂：《劉伯端滄海樓集》（香港：商務印書館，2001 年）。5. 黃坤堯編纂：《番禺劉氏三世詩鈔》（香港：學海書樓，2002 年）。6. 黃坤堯主編：《香港舊體文學論集》（香港：香港中國語文學會，2008 年）。7. 鄒穎文：〈香港古典詩文集概述〉，載《文學論衡》，總第 6 期（2005 年 8 月）。8. 林汝珩著，魯曉鵬編注：《碧城樂府》（香港：香港大學出版社，2011 年）。9. 卜永堅、錢念民主編：《廖恩燾詞箋註》（上、下冊）（廣州：廣州人民出版社，2016 年）。10. 鄒穎文編：《番禺林碧城先生藏故舊翰墨選輯》（香港：香港中文大學出版社，2018 年）。

（子平、桐薪，1884－1970）、陳融（協之，1876－1955）、曾希
穎（了庵，1903－1985）、湯定華（1918－2013）、陳一峰（1881－
1975）、區少幹（1903－1982）、趙尊嶽（1898－1965）、張叔
儔（成桂、粟秋，1897－1962）、任援道（友安、豁庵，1890－
1980）、張紉詩（1912－1972）、王韶生（1904－1998）、王季
友（馨廬，1910－1979）、屈需林（蔭堂，1897－1975）、熊潤
桐（1902－1974）、潘新安（1923－2015）、余少颿（余祖明、
蘇圃，1903－1990）、周懷璋（1894－1965）、黃繩曾、周遊（游
子，？－1968）、馬復（武仲，1880－1964）及陳鴻慈（陳芑村，
1882－？），共二十餘人。在保留的資料中，寫給林碧城的書信、
詩詞最多是廖恩燾、劉景堂、劉子平。廖恩燾的詞作百首以上，
其中大部分沒有發表過。劉景堂的詞作達到七十多首之多。這些
詞大部分已經收錄於《劉伯端滄海樓集》（香港，2001 年）。然
而林家收藏的劉景堂和其他詩人、詞人的大部分詩詞是「稿」、
「初稿」、「未定稿」，幾乎每一首詩、詞在個別字句上與後來發
表的「定稿」有些不同。詞的題目或序也常有不同。劉景堂的
幾首詞，似乎從來沒有發表過。[4] 劉子平呈送八十多首詩詞給林碧
城，其中許多作品尚未發表。

　　其他詞人、詩人也呈送林碧城許多詩或詞，他們有些作品在
後來發表了，有些則從未發表，也沒有收入他們後來出版的詩

4　這幾首詞是：〈采桑子・元夜和懺菴〉（初稿，改稿），〈采桑子・懺菴、
　　碧城、了菴為書年時諸公投贈唱酬之作裝裱成卷，自題一闋〉，〈南鄉
　　子・懺菴寄詞有「三放鶯飛應自悔」之語，書此慰之〉，〈憶江南・春
　　恨〉。

集、詞集裏。劉子平、曾希穎、陳一峰、區少幹、趙尊嶽等人寫給林碧城的不少作品，沒有出現在他們自己的集子裏。[5] 有些詞人從沒有出過集子，因而這些保留下來的，從未面世的作品更顯得珍貴。這批材料還有林碧城抄錄的一本手稿，內中幾乎是他自己的所有詞作。另有《碧城樂府》原稿手跡（包括劉景堂〈序〉和趙尊嶽〈序〉，曾希穎〈題詞〉，湯定華〈跋〉）；《堅社詞刊》第三期至第六期；廖恩燾《疏肝齋廣州俗語詞鈔》。

　　這些抄錄給林碧城的作品和信件，許多堪稱書法佳品。不少詞友將他們的作品工整地用毛筆字抄寫下來，呈送予碧城。想像那個年代，人們沒有複印機、電腦等現代便利，他們每次呈送一首作品給社友同仁，都須謄寫一遍。他們每人練就一手好字，擅長草書、行書、楷書、隸書。他們每個人的書法同時反映出自己獨特的性情。

　　林碧城的後人花了兩年的時間將這些紛雜的稿件進行一一

5　相關文集，有以下版本。1. 廖恩濤、劉景堂：《影樹亭詞、滄海樓詞合刻》（香港，1952 年）。2. 劉景堂：《滄海樓詞鈔》，宋體字線裝本（香港，1953 年）。3. 劉景堂著，黃坤堯編纂：《劉伯端滄海樓集》（香港：商務印書館，2001 年）。4. 黃坤堯編纂：《番禺劉氏三世詩鈔》（香港：學海書樓，2002 年）。4. 陳一峰：《一峰詩存、一峰詞鈔》（香港，1961 年）。5. 張紉詩：《張紉詩詩詞文集》（香港，1962 年）。6. 曾希穎：《潮青閣詩詞》（香港，1986 年）。7. 羅忼烈：《兩小山齋樂府》（香港：現代教育出版社，2002 年）。8. 區少幹：《四近樓詩草》（香港，1970 年）。9. 潘新安：《小山草堂詩稿》（香港：信義印刷公司，1970 年）。10. 余祖明：《自強不息齋吟草》（香港，1978 年）。11. 趙尊嶽：《珍重閣詞集》（加拿大溫哥華，出版者趙文漪，1981 年。12. 熊潤桐：《勸影齋詩》（香港，文祿堂圖書公司，1976 年）。13. 湯定華：《思海樓詩詞鈔》（香港：湯氏慈善基金會，2018）。

識別、整理、歸類和研究。經過考慮後，林仲嘉與林美珍（林縵華、林佩丹）決定把這批他們父親的稿件捐獻給學術機構，以便有意者閱讀和研究。二〇一四年秋，他們將整理好的大部分稿件捐獻給香港中文大學圖書館。二〇一八年，香港中文大學圖書館出版《番禺林碧城先生藏故舊翰墨選輯》（鄒穎文編）。基於這些新材料，本書着重探討以下幾個方面：堅社之成立及其主要成員；堅社之活動、性質及其風格；堅社詞人的唱和與情緣；林碧城的詞風及情感世界；堅社社課考證。林碧城與廖恩燾、劉景堂等堅社詞人之間密集的書信往來對於堅社的研究尤為珍貴。

　　筆者的母親林縵華（林美珍、林佩丹）當年悉心指導我研究這個題目，協助我寫這部專著。沒有她的諄諄教誨，我寫不出這個稿子。由於我的學識有限和慵懶，寫成的東西恐怕達不到應有的水平和前輩的期待。母親不幸於二〇二一年離世。我將這本書獻給她，作為紀念。

　　本書的初稿及其部分圖片：《一九五〇年代香港詞壇：堅社與林碧城》，最初發表於嶺南大學的雜誌《現代中文文學學報》（*Journal of Modern Literature in Chinese*, 12. 2, summer 2015: 138-209）。特此鳴謝香港嶺南大學。筆者已將原文進行了修改和增補。值得一提的是，林碧城及林縵華都曾先後就讀位於廣州的嶺南大學，可謂天道輪迴，人世滄桑。在整理眾多的稿件期間和準備這部書稿的過程中，筆者得到舅舅林仲嘉、兄長魯曉龍和姐姐魯小燕的支持和幫助。湯氏慈善基金、湯復基先生和錢念民女士為本書提供相關照片。香港中華書局黎耀強先生和香港大學朱耀偉教授的支持，責任編輯黃杰華周到細緻的編輯工作，使這部書得以順利出版。特此對他們一一致謝。

第一章

堅社之成立及其主要成員

　　民國以降，白話文逐漸取代文言文，詞這一特殊的古文學形式更遭冷遇。眾多名士、詞人出於對舊文學，尤其對詞的深厚感情和興趣，也出於不欲使詞學因時代變遷而湮滅，努力不懈，繼續沿襲前人結社的形式，定日期、定詞牌、定內容進行社課，相與酬唱。

　　在林碧城的舊篋藏書中就看到刊印於抗日戰爭前的《漚社詞鈔》和《如社詞鈔》。《漚社詞鈔》刊印於「癸酉仲秋之月」（即一九三三年），內有社課詞作二十集。漚社社長是朱彊村（孝臧，漚尹），該社成立於朱彊村去世前一年，即一九三〇年。當時朱彊村已經七十四歲，但他不遺餘力，邀集各地著名詞人及名士結社。漚社成員包括葉恭綽、趙尊嶽、龍榆生、冒廣生、夏敬觀、吳湖帆等二十九人。朱彊村以身作則，從第一期到第九期社課，每期必有詞作，甚至不止一首。他在一九三一年秋第九期社課〈風入松‧病起戲述〉的詞作中寫出了「天厭苦吟人」的詞句，[1]似乎已預感到生命即將走到盡頭，但仍抱病奮筆。這年十一月他便辭世。在去世前他還叮囑要為他立「彊村詞人之墓」的墓碑。[2]

1　《漚社詞鈔》，癸酉（1933 年），頁 56。

2　朱孝臧：〈鷓鴣天‧簡蘇堪，時將營壽藏，丐其書碑，碑曰「彊村詞人之墓」〉，參見《彊村語業》，卷三，《彊村叢書‧彊村遺書》第十冊，1933 年，頁 9。

這位老人可說為了詞而嘔心瀝血，殫精竭慮。

　　此處順便一提，林碧城家裏懸掛一幅朱孝臧手書其詞的扇面：《摸魚子‧馬鞍山訪龍洲道人墓》。這是送給詩人、畫家潘飛聲（字蘭史，廣東番禺人，1858-1934）。詞句表達了古今「書生」、「儒冠」身世蕭瑟、困頓惆悵的窘境。全文如下。

摸魚子　馬鞍山訪龍洲道人墓，山在崑山城北隅

　　占城陰、頹雲一角，有人持恨終古。書生滿眼神州淚，凄斷海東煙霧。墳上土，怕有酒能澆，踏遍橋南路。英遊遲汝。向笙鶴遙空，不逢騫廣，心事更誰訴。

　　天難問，身世儒冠誤否。憑渠筆力牛弩。銅琶無分《中興樂》，消受此生棲旅。憑弔處，剩破帽疲驢，悵望千秋去。啼鵑最苦。要無主青山，有靈詞客，來聽斷腸語。

　　「行到橋南無酒賣，老天猶困英雄。」龍洲斷句也。蘇紹叟憶劉改之詞：「任槎上張騫、山中李廣，商略盡風度。」

　　　　　　　　舊作寫就　蘭史先生拍正　孝臧

　　漚社之後，另有詞社如社。《如社詞鈔》刊印於民國二十五年，即一九三六年。內有社課詞作十二集。該社糾集各地名士、詞人二十四位，廖恩燾為發起人之一。當時還有其他詞社。抗日

戰爭爆發後，跨地的詞社便不易為繼了。[3]

　　抗戰結束不久，國共內戰烽煙又起，戰火從北逐漸向南蔓延。地處祖國南端的廣州，時局得以暫時穩定。粵詞曾在清末民初獨樹一幟、享譽中華。這時粵省詞人雲集廣州，賦詞酬唱之習盛行。粵港詞壇極有影響力的黎國廉與曾經加入過漚社、暫時南歸故里以避戰禍的名士葉恭綽欲振興嶺南詞風，商議結詞社。葉恭綽（1881-1968）在一九四八年致劉伯端的信中有這樣一段話：「詞至今日，已無新境可闢。但思想襟抱，及一切事物，亦盡有驅遣發揮餘地，患人有不肯致力耳。愚心餘力拙，殆止於是，彌天大劫，已逼目前，此等小技，並自怡亦不易也。」[4] 他對詞的前景的憂慮和力挽詞之瀕沒的想法頗能代表當時一些詞人的心境，也與朱彊村等前賢的遺願一脈相承。因為眾議不一，沒有正式成立起一個冠以社名的詞社，但社課仍按計劃進行多期，居港詞人也積極參與，其中就有後來在香港發起組織堅社的劉景堂，以及最早參加堅社的張叔儔、張紉詩。

　　一九四九年（已丑）春，八十五歲的廖恩燾因避戰禍，由上海來到香港。當廖恩燾南下至香港時，國共內戰正酣，局勢混亂，唯有作為殖民地的香港安定。他的詞〈虞美人‧抵香港舟

3　有關這方面的研究，參見林立：《滄海遺音：民國時期晚晴遺民詞研究》（香港：中文大學出版社，2012 年）；吳白匋：〈金陵詞壇盛會：記南京如社詞社始末〉，載南京市秦淮區地方誌編纂委員會編：《秦淮夜談》第 6 輯（南京：《秦淮夜談》編輯室，1991 年），頁 1-9。

4　引自黃坤堯：《劉伯端滄海樓集‧前言》，參見劉景堂著，黃坤堯編纂：《劉伯端滄海樓集》（香港：商務印書館，2001 年），頁 50。

中感作〉表達了他此刻的矛盾心理：「未應銜恨割珠厓。不割珠厓、無此好樓臺。（原注：國內兵刃相尋，萑苻徧地，留此一隅乾淨土，為吾民將息。臥榻旁遂不得不容人酣睡，抑亦可哀也夫。）」[5]「珠厓」指香港。因為香港的特殊地位，不少人士來此落腳，謀劃將來。

廖恩燾是著名革命家廖恩煦（字仲愷，以字行，1877-1925）的胞兄，九歲赴美求學，十七歲回到廣州，在學館潛心研治國學多年。清光緒十三年便步入外交界，先後在清廷、民國政府任領事、代辦、公使達四十多年之久。豐富的人生閱歷，使他對時局有審時度勢的目光。他五十歲開始填詞，詞著甚豐。[6]一九三三年退休回國居滬，曾與朱彊村等人交往。朱彊村對廖恩燾詞如此評價：「胎息夢窗，潛氣內轉，於順逆伸縮處求索消息，故非貌似七寶樓臺者所可同年而語。至其驚采奇豔，則又得於尋常聽睹之外，江山文藻，助其縱橫，幾為倚聲家別開世界矣！」[7]廖恩燾曾組織與參加上文所提及的如社詞社。他來香港後，因時局的發展，他對詞的命運深感憂慮，在《影樹亭詞》序中，喟然慨歎：

5　廖恩燾：《半舫齋詞集之四：捫蝨談室集外詞》（香港：蔚興印刷廠，1949 年），頁 5。

6　有關廖恩燾生平與詞作成就，可以參考夏曉虹：〈近代外交官廖恩燾詩歌考論〉，載《中國文化》第 23 期（2006），頁 96-109。劉紹唐主編、關國煊稿：〈民國人物小傳：廖恩燾〉，載《傳記文學》，第 354（1991）期，頁 132-134。王韶生：〈紀香港兩大詞人〉，載王韶生：《懷冰室文學論集》（香港：志文出版社，1981 年），頁 299-303。

7　此為朱彊村於廖恩燾《懺盦詞》卷首之題詞。見廖恩燾：《懺盦詞》，出版地點、年份未註明，應是一九三〇年代初。封面由陳洵題詞。

　　嗟乎！世變日亟，吾國數千年文獻，岌岌乎繫諸千
鈞一髮。詞學小道，轉瞬間其不隨椎輪大輅以淘汰者，
幾希矣。然則茲編之印，聊以表吾二人海內比鄰之意，
顧可緩乎哉！[8]

　　廖恩燾呼籲同仁共同努力，延緩詞之被淘汰。他很像朱彊村
當年那樣，在生命最後的幾年裏，以非凡的精力，在到達香港一
年之後，便與劉景堂（伯端）共同倡議建立堅社詞社。他言傳身
教、奮力筆耕、諄諄善誘，栽培鼓勵後進和晚輩，為詞社樹立良
好的風氣，在香港詞壇留下一筆重彩。他為詞的存亡所付出的精
力和所起的作用，堪比當年的朱彊村。

　　葉恭綽在國共內戰結束共黨掌政後返回北方，與關庚麟邀集
多位名仕、詞人於一九五〇年成立起名為「咫社」的詞社。又致
函邀請廖恩燾、劉景堂加入該社，南北唱和。林碧城藏書中有一
本蠟版刻印於辛卯秋（一九五一年）的《咫社詞鈔》，共兩卷，
輯印有十五集社課詞，當中包含五十位作者。從林碧城家中材料
以及《影樹亭詞、滄海樓詞合刻》與《滄海樓詞鈔》看來，廖恩
燾和劉景堂參加了許多社課。廖恩燾參加如下社課：

　　第五集〈虞美人‧本意〉（未錄於《影樹亭詞、滄海樓詞合
刻》）；

8　廖恩燾：〈影樹亭與滄海樓合印詞稿序〉，廖恩燾、劉景堂著：《影樹亭
　　詞、滄海樓詞合刻》（香港：缺出版社，1952 年），頁 1。

第七集〈不限調‧題稊園主人梅花香裡兩詩人圖卷〉（未錄於《咫社詞鈔》，見《影樹亭詞、滄海樓詞合刻》）；

第八集（一）〈不限調‧題岡極庵圖〉（未錄於《咫社詞鈔》，見《影樹亭詞、滄海樓詞合刻》）；

第八集（二）〈不限調‧題遐庵自畫竹石長卷〉（未錄於《影樹亭詞、滄海樓詞合刻》）；

第九集〈紫玉簫‧詠頤和園紫玉蘭〉（未錄於《咫社詞鈔》，見《影樹亭詞、滄海樓詞合刻》）；

第十集〈惜餘春慢‧送春〉；

第十一集〈定風波‧摩訶池〉（未錄於《咫社詞鈔》，見《影樹亭詞、滄海樓詞合刻》）；

第十二集〈不限調‧題夏閏枝先生「刻燭零牋」冊子〉；

第十三集〈賀新涼‧殘暑〉（未錄於《影樹亭詞、滄海樓詞合刻》）；

第十五集〈玉京秋‧暮秋郊望〉（未錄於《影樹亭詞、滄海樓詞合刻》）；

第十七集〈玉蝴蝶〉（見《影樹亭詞、滄海樓詞合刻》）。

劉景堂參加了第七集、八集（之二）、十集、十一集、十二集、十五集、十七集，大部分詞都收入了《影樹亭詞、滄海樓詞合刻》與《滄海樓詞鈔》，但有些未注明為咫社社課。

廖恩燾抵港後，經黎國廉（六禾）介紹，認識了當時年過六十的劉景堂。劉景堂「少喜倚聲」（《心影詞序》）。因辛亥革命、抗日戰爭、國共內戰等戰亂，輾轉於廣東、廣西、香港、澳門等地。抗戰勝利後定居香港，在港任職於華民署，退休後專注

填詞。他是嶺南，尤其是香港極負盛名的詞人，其詞作、詞論造詣高超，其第一部詞著《心影詞》為他三十歲左右之作品。書序自稱得益於黎國廉的指導。公眾對劉詞的評價極高，認為他是首屈一指的香港詞人。陳融、章士釗在劉伯端的《滄海樓詞續鈔》題詞中不約而同地推崇劉不僅可與陳洵、黎國廉相比肩，而且能角逐中原詞壇。陳融〈題滄海樓詞〉三首詩之一云：

> 海綃颯麗失朝霞，玉𤩹荒涼已暮鴉。
> 幸有一九滄海月，百年先後總三家。[9]

詞中表示：「海綃」（陳洵）和「玉𤩹」（黎國廉）已經不在了，那麼「滄海」（劉景堂）便應當扛起粵詞傳承的旗幟。劉景堂在他的詞〈攤破浣溪沙・懺庵贈詞賦答〉中寫道：

> 儒雅風流領表師。識君應恨十年遲。若許中原試身
> 手，共搴旗。
> 玉𤩹飄殘人已遠，海綃織罷淚空垂。點檢笙歌明月
> 夜，幾人知。

劉景堂表達他對廖恩燾的佩服，與其相逢恨晚的同感。他認為粵詞在陳洵（《海綃詞》）、黎國廉（《玉𤩹樓詞鈔》）之後，

9　陳融題詞墨跡見鄒穎文編：《番禺林碧城先生藏故舊翰墨選輯》（香港：香港中文大學出版社，2018 年），頁 46。

應推廖恩燾，同時也考慮自己（劉景堂的《滄海樓詞續鈔》又稱
《笙歌清夢詞卷》）。他願意在詞壇上與廖恩燾共搴旗、與中原詞
手爭雄。

　　一九五〇年春，黎國廉去世。廖恩燾、劉景堂計議成立詞
社。一個新的詞社終於在一九五〇（庚寅）年冬在香港成立，定
期舉行社課。社集地點是在位於香港島半山區的廖恩燾的住所
「影樹亭」。詞社最初的核心成員是廖、劉二老，加上張叔儔、
羅慷烈、王韶生、張紉詩。

　　林汝珩，號碧城，廣東番禺人，畢業於廣州嶺南大學。
一九二〇年代末與一九三〇年代初，他留學美國哥倫比亞大學，
學習國際關係與法律。歸國後，其才幹為汪精衛所賞識，在南京
國民政府行政院作參事。一九四〇年至一九四四年，林碧城任廣
東省教育廳長兼廣東大學校長。他聘用陳洵、曾希穎、熊潤桐等
人任職廣東大學。[10] 陳洵（述叔，海綃，1871-1942）是民國期間
聲震華夏的詞人，朱彊村將他和況周頤（1859-1926）譽為「並
世雙雄無以抗手」。[11] 曾希穎、熊潤桐乃嶺南詩壇之「南園後五

10　廣東大學校址最初在廣州光孝寺（又稱柯林），一九四二年搬入嶺南大
　　學校園。

11　朱祖謀（朱孝臧，朱彊村）做〈望江南〉詞兩首，盛讚陳洵（述叔）、
　　況周頤（蘷笙）。詞序云：「新會陳述叔，臨桂況蘷笙，並世兩雄，無
　　與抗手也。」第二首詞云：「雕蟲手，千古亦才難。新拜海南為上將，
　　試要臨桂角中原。來者孰登臺。」朱孝臧著、白敦仁箋注：《彊村語業
　　箋注》（成都：巴蜀書社，2002 年），頁 382-387。

子」。[12] 一九四四年後，林碧城隱身於上海、天津等地。在天津賦閒期間，他潛心研究詞學，搜集典籍專著，開始自己填詞，抒發情感。

林碧城於一九四八年（戊子）初從天津抵達香港。他先後與老友曾希穎和湯定華重逢香江。早先在廣東大學期間，湯定華是學生，曾師從陳洵。在香港期間，林、曾、湯之間往來密切，彼此唱和，有「依聲排日」之約。見林碧城詞〈渡江雲・香江重見希穎，詞以寄之〉；〈念奴嬌・客館新涼，依聲排日，約希穎、定華同賦〉。[13]

一九五一年（辛卯）夏，曾希穎加入詞社，應社課題目〈千秋歲・海灣觀浴〉賦詞。堅社成立之初，劉景堂並不認識林碧城與湯定華。曾希穎將他們介紹給劉景堂。劉景堂致曾希穎的一封信寫道：「昨談甚暢。茲如命鈔舊稿呈教。座中湯君為後起之秀，知甚用功，若能再研討兩宋名家，成就自不可限量。又聞貴友林君能詞，請鈔示一二，猶盼。」[14] 湯君是指湯定華，信中表露了劉景堂對晚輩的厚望。林君是林碧城，林碧城將他的舊作呈示廖恩燾和劉伯端。廖、劉二老讀罷林詞大喜，邀請他入社，林碧城欣然答應。

---

12 有關廣東的「新南園五子」，請參閱陳永正：〈南園詩歌的傳承〉，載黃坤堯主編：《香港舊體文學論集》（香港：香港中國語文學會，2008 年），頁 253-267。

13 林汝珩著，魯曉鵬編注：《碧城樂府》（香港：香港大學出版社，2011年），頁 63-65，頁 69-71。

14 《番禺林碧城先生藏故舊翰墨選輯》，頁 139。

　　一九五一年冬，林碧城參加堅社社課〈過秦樓·石塘晚眺〉。他向廖恩燾建議詞社取名「堅社」。堅社一語雙關：一方面是指位於香港島半山區的堅尼地道的廖恩燾住宅（社課地點），另一方面是指一個堅固團結的詞社，詞社便如此定名。

　　一九五二年底，廖懺庵、劉伯端二人將他們近年的詞作合編一冊在香港出版，名為《影樹亭詞、滄海樓詞合刻》。廖恩燾在本書的序中透露出他的心跡：

　　　　己丑春杪，自淞江南下至香港。季裴為介，始識伯端，相見恨晚。伯端錄近作十余首，並《心影詞續稿》見示，挑燈展卷，一讀一擊節，嘆為海綃翁後粵詞家無第二人。嗣是月必數見，約結社課詞。酬唱既頻，積詞裒然成帙。[15]

　　廖恩燾表達了他對劉景堂的欽佩，認為他是陳洵（海綃翁）之後粵詞第一人。廖恩燾的序寫於「辛卯立秋後十五日」。辛卯立秋日是農曆辛卯年七月初六，陽曆一九五一年八月八日；立秋後十五日則是陽曆一九五一年八月二十二日。整整三個月之後，於一九五一年十一月二十一日，廖恩燾致信林碧城，暢談詞社之事。通過這封信，我們得知堅社成立的初衷和他們兩人之間的關係。在某些方面，廖恩燾的序和這封信有驚人的相似之處。廖信

---

15 廖恩燾：〈影樹亭與滄海樓合印詞稿序〉，廖恩燾、劉景堂著：《影樹亭詞、滄海樓詞合刻》，頁 1。

全文如下：

> 汝珩我兄詞長閣下：
>
> 　　昨枉顧，暢談為快。頃奉惠書，並拜讀大詞數闋，覺思精筆勁，力避恒蹊，不惟宅句如珠穿天，且具體純任自然，無懈可擊。與兄相識二十年，竟不知為聲家能手，殊歎失諸交臂。然今日發覺似猶未晚。蓋兄加入近與伯端所組詞社，則相與角逐詞場之日方興未艾也。吾粵詞人自海綃去後，伯端獨樹一幟。得兄嶄然露頭角，為吾粵詞界放一異彩。得不令人躍然奇樂而忘憂耶。未蒙以尊址見示，此函託伯兄轉。匆此。
>
> 　　復頌吟祺，欲言不盡。
>
> 　　　　　愚弟廖恩燾頓首　　　十一月廿一日 [16]

　　廖恩燾提到他們兩人已經認識二十年。廖恩燾雄心勃勃，想在當時政治氣候相對獨立的香港重振詞壇，「角逐詞場」。清末民初的粵詞在中國獨樹一幟，大放異彩。廣東詞人陳洵被詞壇祭酒朱彊村推崇讚譽。廖恩燾再次表達對劉伯端的佩服，視其為陳洵後的粵詞大家。廖、劉二位發動組織堅社，承前啓後，推動詞的發展。廖恩燾早年與朱彊村等中原詞人交遊，而在一九五〇年代初，於東南一隅之地香港，廖恩燾組織詞社、網羅人才，在詞壇所起的作用有似當年朱彊村。

---

16 信原件已經捐贈香港中文大學圖書館。

　　林碧城、曾希穎、湯定華三人加盟堅社，倍受廖、劉二老青睞。他們的才華在社友面前綻露無遺。廖恩燾致林碧城的一封信如此寫道：

　　碧城詞兄道鑒：

　　　　奉示並拜讀大作，與希穎作並佳皆妙，至為欣佩。兩兄猛進，瞬已出人頭地，殊可驚也。此次社課似由伯端召集，大約總在山居，但日期則未定耳。匆復。即頌年禧。並請代轉希穎兄。不另箋也。[17]

　　林碧城與曾希穎的來臨，使得堅社如虎添翼，突飛猛進。湯定華同時負責詞社的一些具體事務，編輯《堅社詞刊》。堅社詞人任友安回憶說：林碧城是「香港堅社之中堅也」。[18] 曾希穎日後亦放出豪邁之語：「珠海從看，倚聲那落中原後？」（〈點絳唇・題「粵詞蒐逸」〉）[19] 從林碧城加入堅社的一九五一年秋冬之際到一九五二春年，這段時間是堅社的鼎盛時期。社課的舉行特別密集，佳作頻出。半年之內，堅社舉行了多達九期的社課：〈過秦樓・石塘晚眺〉、〈石州慢・月當頭夜，小集碧城詞館〉、〈酷相思〉、〈憶舊游〉、〈渡江雲・新卯除夕花市〉、〈喜遷鶯・春山杜

17　信原件已經捐贈香港中文大學圖書館。

18　任友安：《鷦鵡憶舊詞》（香港：天文台報社出版社，1990 年），頁 50。

19　曾希穎：《潮青閣詩詞》（香港：缺出版社，1986 年），頁 53；又見曾希穎題詞，〈點絳唇〉，余祖明：《近代粵詞蒐逸》（香港，缺出版社，1970 年），頁 9。

鵑花〉、〈南浦·春水〉、〈舞會〉及〈滿庭芳·贈歌者燕芳〉。

　　王季友、區少幹、陳一峰、任援道也先後加入堅社，成為活躍的成員。其他詩人、詞人、或詞愛好者，如劉庸（字劉子平）、潘詩憲（1913－1956）、馮霜青（馮衍鍔，1911－1954），偶有參加堅社社課，寫下詞作。從一九五〇年（庚寅）冬的第一期社課〈念奴嬌〉到一九五四年（甲午）的最後一期社課〈杏花天影〉，堅社一共舉辦了二十多期社課。許多詞作已失傳，目前能夠查到大約一百七十首詞作。

　　任何詞社必然盛衰有時，合久必散。一九五一年冬至一九五二年春，堅社紅紅火火，詞人興致高漲，社課緊湊，詞作頻出。之後詞社也安排了不少社課，但是少見參加人數多的社課。詞友俗務繁多，各忙各事，社集不易。例如，廖恩燾將一九五三年秋的一期社課定為「落葉」，可是和者寡。廖恩燾的社作〈聲聲慢〉序云：

> 　　社題「落葉」，除伯端與余外，定華和〈水龍吟〉、栗秋成〈雙葉飛〉，其他社侶無一人作者。伯端書來謂諸人興趣不佳，盛衰有時，社集應緩舉行等語。余恐從此輟焉，堅社不堅矣。就題再塍此解示同人，不知能賈其餘勇否耳。[20]

　　《落葉》之後的社課是《鷓鴣天·秋夜述懷》。林碧城參加

20　信及詞原件已經捐贈香港中文大學圖書館。

社課，作〈鷓鴣天・秋日書懷，呈懺庵丈〉。詞的最後兩句是：
「新來漸覺依聲嬾，長愧南山眼尚青。」碧城自嘲近來作詞有所
鬆懈，有愧於二老的青睞。

　　癸巳年（一九五三年）的最後一期社課是〈殘臘〉。甲午
春（一九五四年）的社課，即堅社的最後一期社課，是〈杏花天
影〉。這兩期社課和者寥寥。五四年四月，九十高齡的廖恩燾辭
世，堅社隨之結束。自始至終，堅社共舉辦了二十多期社課。

　　劉景堂和廖恩燾是堅社的領軍人物，是香港一九五〇年代詞
壇雙雄。可是二老的風格迥然不同。劉景堂於詞精益求精，盡善
盡美，遵循傳統詞學規範，最終成為香港詞壇一代名家。學者對
劉詞的收集、整理、研究已經不少，此處不再多說。廖恩燾交遊
廣泛、博見多聞，人生閱歷豐富。所見事物，信手拈來，都成詞
作。他力圖擴大詞的領域，讓詞更貼切當今現實。他的一部分詞
含有廣闊的社會內容。比如澳門的賑災募捐、國共內戰、韓戰，
艾森豪威爾當選美國總統以至他日後訪問韓國，都成為廖詞的題
材。做過外交家的他，對國際時事尤為敏感。他也用廣州俗話寫
詩諷刺李鴻章，寫對聯調侃袁世凱、蔣介石、宋美齡及台灣。

　　時事政治反覆出現在他的詞裏。在一些詞中或詞的序裏讀者
可以看見廖恩燾深刻的人間情懷。他憂慮戰爭對香港百姓日常生
活的影響。每年歲末節日來臨之時，廖恩燾不勝感慨。〈宴清都〉
序云：「淞滬每年臘月望後，人家紛紛互相招讌，日食年夜飯。
粵無此俗。乾坤滿布兵氣，市況蕭條，酒樓提早收爐。回首前
塵，悵然成詠。」一九五二年春的一期堅社社課是〈觀舞〉。舞
場娛樂並不能讓他忘卻嚴肅殘酷的現實。〈玉女搖仙佩〉序云：
「社課以『觀舞』命題不限調，倚聲屯田賦此。朝鮮休戰談判屢

瀕破裂，靄幕重重，陟筆不覺棼絲裊其端也。」[21]

　　廖恩燾對當時韓戰尤其關注。一九五二年底艾森豪威爾（艾保）當選美國總統。人民寄希望於新總統結束戰爭。廖恩燾作詞〈慶春宮〉：「魏武望梅止渴，余初冬夜不成寐，緬懷及此，輒觸近事，依聲清真賦」。在給林碧城的信中，廖恩燾解釋〈慶春宮〉是慶祝艾保當選總統，入主白宮。同時他告誡不能對新人抱有太大幻想，好似「望梅止渴」。當他在報紙上讀到艾保訪問南韓的新聞時，作〈訴衷情〉詞，於一九五二年十二月七日寄呈碧城。〈訴衷情〉序：「冰天雪滔肉搏戰方劇，閱新曆十二月五日報紙，惻然成詠」。日後他將修改好的第二稿，又呈送碧城。改稿〈訴衷情〉如下：

訴衷情

　　冰天雪滔，南北韓肉搏戰方劇，艾保訪韓行蹤頗秘。讀報述懷

　　巍然西北見雲浮，驚鴻唳南樓。韓陵夜作何語？片石帶煙愁。

　　冰塊壘，雪封溝，脆貂裘。深閨夢里，無定河邊，戰骨誰收？[22]

21　原件收藏於香港中文大學圖書館。
22　原件收藏於香港中文大學圖書館。

此詞不能算廖恩燾詞作中的上乘之作，但是詞表露了八十八歲老人對生命的珍惜。

一九五三年聖誕節之際，民眾在戰爭之中又迎來了一個本該是萬家歡慶的節日。廖恩燾作詞〈萬年歡〉。詞序如下：「余家四十餘年前，每冬至日，宰牲祀祖圍爐聚食，此樂今不可復得。兵革未息，人心弗寧，港居人家忙於慶祝耶誕，無暇兼顧舊節。乃晨起迭聞爆竹聲，知此輩迷信未盡被除也。喟然為作是解。」[23] 此時廖恩燾已是八十九歲老人。

在詞的語言方面，廖恩燾做了大膽嘗試，既傳統，又創新。一方面他經常應用大量典故和偏僻的字句，使得他的詞深奧博學。另一方面，他時而將粵語的俚語俗話引進自己的詞中。這樣，詞既是陽春白雪，也是下里巴人可以欣賞的東西。他的這種做法，可能有些人不能立即接受。可是回想詞的歷史演變，詞的風格和語言也歷經變遷。當初南宋詞人，包括辛棄疾，將散文語言引入詞中，有異於傳統，但是後世也逐漸接受這類的詞作，甚至稱之為佳品。

廖恩燾嘗試用廣東俗語填詞，並呈示林碧成二首：〈清波引‧友人告以香港新名辭 ［……］，余固未前知也。相與一笑，依白石腔拍，戲填此解〉；〈夢行雲‧前題，依聲夢窗再作。原注即「六么花十八」〉。在〈夢行雲〉詞尾，廖恩燾加上自注：「俗話無論詩詞文，非純用俗話不可。若參一個文言字眼即不成為俗

23　原件收藏於香港中文大學圖書館。

話。然用文言亦可，但必須係俗話口頭禪方可。」[24]

在一九五三年七月二十五日廖恩燾致林碧城的信中，廖恩燾說：「暑期百無聊賴，成廣州俗話詞四十首。已錄稿寄伯端，索題一小令或絕句。擬再請吾兄及希穎各題一詞或詩，以增光彩。」廖恩燾附寄三首〈廣州俗語詞鈔〉自題詩，用俗語寫成。最終，於癸巳年（1953年）廖恩燾編成自己的不同凡響的另類詞集：《疏肝齋廣州俗話詞鈔》（疏肝齋主人作）。集子很少人見過，這次在林碧城家中發現，可謂現代詞界珍寶，中國俗文學史因之又增添一頁。

早先廖恩燾用廣東俗語作詩，寫出《新粵謳解心》，[25] 出版《嬉笑集》。《新粵謳解心》的個別詩篇在梁啓超創辦的刊物《新小說》上發表。在倡導文學革命的梁啓超眼裏，當年廖恩燾所寫的粵語詩無異於革命文學。《飲冰室詩話》云：

> 鄉人有自號「珠海夢餘生」者，熱誠愛國之士也。遊宦美洲，今不欲著其名。頃仿《粵謳》格調成《新解心》數十章。吾絕愛誦之。其《新解心》有〈自由鐘〉、〈自由車〉、〈呆佬祝壽〉、〈中秋餅〉、〈學界風潮〉、〈唔好守舊〉、〈天有眼〉、〈地無皮〉、〈趁早乘機〉等篇，皆絕世妙文。視子庸原作有過之無不及。實文界革命一

---

24 原件收藏於香港中文大學圖書館。

25 此書重印，見廖鳳舒著、高寶繪圖：《新粵謳解心》（香港：天地圖書有限公司，2011年）。

驍將也。[26]

招子庸曾以廣州方言撰寫詩集《粵謳》（刊刻於道光八年，1828 年）。詩集開篇名為〈解心事〉，後來「解心」成為粵謳泛稱。此處梁啟超將廖恩燾新作與招子庸原作相比，認為廖更勝一籌。

廖仲愷曾作〈賀新郎·題大兄懺盦主人「粵謳解心」稿本〉詞一首，盛讚兄長的嘗試。[27]

> 諷世依盲瞽。一聲聲、街頭巷語，渾然成趣。香草美人知何托，歌哭憑君聽取。問覆瓿、文章幾許？瓦缶繁弦齊競響，繞梁間三日猶難去。聆粵調，勝金縷。
>
> 曲終奚必周郎顧？且傳來、蠻音駃舌，癡兒呆女。廿四橋簫吹明月，那抵低吟清賦。怕莫解、天涯淒苦。手抱琵琶遮半面，觸傷心豈獨獨商人婦？珠海夜，漫如故。

堅社其他詞人，亦非等閒之輩，皆屬罕見人才。曾希穎少負盛名，以才氣著稱。其門人黃建忠寫道：

---

26 梁啟超：〈飲冰室詩話〉，《飲冰室專集》第五卷（台北：台灣中華書局，1972 年），頁 43。

27 此詞收入廖仲愷的詞集《雙清詞草》，開明書店，民國十七年（1928）。汪兆銘（精衛）作序：〈廖仲愷先生傳略〉。此書無頁碼。

少即以詩名為陳協之所亟賞，與熊潤桐、佟紹弼、
余心一、李履庵號南園今五子。詩酒倡酬，極盛一時。
陳石遺、冒鶴亭南來羊城，客寓融園。協老置酒海珠，
陳、冒、五子借集席間。先生即席賦〈海珠紅棉〉一
律，陳、冒為之擱筆，弗能措一辭。先生詩名益彰，騷
壇傳為佳話。[28]

曾希穎曾經留學蘇聯，學習砲兵，回國後一度做李宗仁參
謀。來香港後任教上庠，詩、詞、字、畫俱佳，一生經歷曲折
多彩。

堅社中的女詞人張紉詩（張宜）乃曠世奇女子，詩畫雙全，
名震粵港、東南亞。據余少颿（余祖明）介紹：

張紉詩女史，小名宜，以字行。南海人。父禮存，
業商致富，聘葉士洪孝廉課之讀。長更執贄於桂南屏太
史。潛心向學，兼學繪事，尤愛寫牡丹。父擇配某氏
子，不合，遂賦仳離。失怙後課徒自給。為顒菴師長書
錄。曾遨遊大江南北。加盟廣州越社、棉社，課題揭
後，搖筆既成。是以名聲噪起。大陸變色，槖筆香江。
挾藝走東南亞、菲律賓、美國，傾動一時。越南華僑三
水蔡念因慕其才華，乃定百年之好。偕隱香爐峰麓宜
樓。修歲時文會。年逾花甲卒。有《文象樓詩文集》，

28　黃建忠：〈序〉，《潮青閣詩詞》，頁5。

《儀端室詞集》，均夫婿手刻。[29]

　　任援道，江蘇宜興人，堅社中唯一非粵籍人士。他儒將出身，在軍界、政界任職多年，晚年退居香港。張叔儔（成桂）在國民黨內任職多年，曾輔佐孫中山、胡漢民、汪精衛，晚年遷移香港。他舊學功底深厚，擅長詩詞。羅慷烈後來任香港大學教授，王韶生日後任香港中文大學教授，二人著述豐富，享譽學界。[30] 區少幹早年在上海讀書，曾師從胡適。他是《紅樓夢》研究專家，又擅長舊體詩文。陳一峰活躍於東南亞和香港，亦商亦儒，詩、詞皆佳，刊印《一峰詩存、一峰詞鈔》。湯定華畢業於廣東大學，曾師從林碧城、陳洵、熊潤桐，擅長詩詞書畫。據傅子餘（靜庵）評價，湯定華「用筆清奇瀏亮，託體甚高」，是海綃（陳洵）門下的傳人。[31] 他來香港後忙於教學、編輯、著書。其為人誠信篤厚，被詞友同仁讚譽。後移民美國加州。時常被加州大學戴維斯校區邀請講授國學。他們的詞作與交遊構造了一九五〇年代香港文化景觀裡極其絢麗和生動的一幕。

　　一九五九年林汝珩病危，赴美國求醫治病，最終於美國逝世。堅社詞人廖恩燾（影樹亭）、林汝珩（碧城）、劉伯端（滄

---

29 余祖明編纂：《廣東歷代詩鈔》（香港：能仁書院，1980 年），頁 955-956。

30 有關羅忼烈詞，參見林立：〈傳統與地域的探索：論羅忼烈的詞〉，載黃坤堯主編：《香港舊體文學論集》，頁 105-118。

31 傅靜庵：〈思海樓詞序〉，湯定華：《思海樓詩詞鈔》（香港：湯氏慈善基金，2018 年）。

海樓）相繼去世，詞社凋零。昔日詞友懷念他們，做詞憑弔。堅社同仁、日後的香港中文大學教授王韶生填詞緬懷當年詞友，寄予深切哀思。茲錄其兩首詞，以結束此章。[32]

鷓鴣天　　讀《碧城樂府》

　　玉樹歌殘苦費思，詞人長逝海西涯。從今莫向黃罏過，琥珀光浮益酒悲。

　　吟秀句，寫烏絲，茫茫天運古如斯。南柯早醒娑婆舞，祇剩才名世共知。

一寸金　　和慷烈懷堅社之作

　　州棄珠崖，下瞰爐峯是城郭。看晚霞成綺，瀾翻水面；繁星有粲，光搖山腳。香澥文風作。前遊在，屋樑月落。新詞唱，弔往傷離，一段精神入寥廓。

　　自歎衰遲，頻年車腹，船唇正飄泊。念碧城滄海，空悲殘夢。黃雞白酒，辜負前約。存歿驚心眼，青山外，客懷易惡。期相處，濮上逍遙，更思魚鳥樂。

32　王韶生：《懷冰室集》（台北：文海出版有限公司，1974 年），頁 226、234。湯定華所做弔念之詞，見〈水龍吟・挽廖鳳舒丈〉，〈水龍吟・挽伯端丈〉，載《思海樓詩詞鈔》，頁 98-99。

第二章

堅社之活動、性質及其詞學風尚

　　聚會作詩、彼此唱和、乃至正式結社，由來已久，是中國傳統文化中人們交往的一個方式。這種活動在現實生活中乃至文學作品裏每每出現。有趣的是，哪怕在虛構的小說《紅樓夢》裏，也有大量篇幅描寫大觀園內的人物如何聚會賦詩的景況。曹雪芹展現出一幅幅令人嚮往的年輕人聚會作詩的圖畫。賈寶玉、林黛玉、薛寶釵他們建立了詩社「海棠社」、「桃花社」。相關章節包括第三十七回〈秋爽齋偶結海棠社，衡蕪苑夜擬菊花題〉；第五十回〈蘆雪庵爭聯即景詩，暖香塢雅製春燈謎〉；第七十回〈林黛玉重建桃花社，史湘雲偶填柳絮詞〉；第七十六回〈凸碧堂品笛感凄清，凹晶館聯詩悲寂寞〉等等。在第三十七回裏海棠社成立之際，社友們一起約定社課的時間和次數。薛寶釵道：「一月只要兩次就夠了。擬定日期，風雨無阻。除這兩日外，倘有高興的，他情願加一社的，或情願到他那裏去，或俯就了來，亦可使得，豈不活潑有趣。」李紈說：「從此後我定於每月初二、十六這兩日開社，出題限韻都要依我。這期間你們有高興的，你們只管另擇日子補開，哪怕一個月每天都開社，我只不管。只是到了初二、十六這兩日，是必往我哪裏去。」薛寶釵和李紈的這番話

1　曹雪芹、高鶚著：《紅樓夢》（上中下三冊本）（北京：人民文學出版社，1988 年），第三十七回，頁 503，506-507。

與廖恩燾和劉景堂給堅社社課設定規矩時說的的話何曾相似。

　　第七十回〈林黛玉重建桃花社，史湘雲偶填柳絮詞〉儼然是對一個詞社活動的描寫。此時海棠社已經改為桃花社，林黛玉為社主。詞友們約定於初二在瀟湘館舉行本期社課。史湘雲見空中柳花飄舞，便信手做成小令〈如夢令〉一首。「柳絮」便成了這期社課的題目。薛寶釵作〈臨江仙〉，薛寶琴作〈西江月〉，賈探春作〈南柯子〉，林黛玉拈得〈唐多令〉，賈寶玉拈得〈蝶戀花〉。他們彼此傳閱詞作，評析字句優劣，互相欣賞，好不熱鬧。曹雪芹小說裏虛構的詞社引人入勝，情趣盎然。[2]

　　遠的聚集唱和姑且不論，類似的而又真實的聚會填詞便發生在一九五〇年三、四月間的廣州嶺南大學的康樂園裏。當時林碧城的女兒林縵華是嶺南大學中文系的學生。她親身經歷了這樣一段趣事[3]在一個週末，她去中文系系主任容庚先生家作客。正好中文系的冼得霖講師和程曦助教在座。他們隨便泛談一番後，程曦說他喜歡林縵華的字，要她寫一幅吳夢窗詞的字給他。林縵華說自己書法功底差，但在她推脫之際，容庚先生已將硯、墨、羊毫大筆、一張宣紙和吳夢窗詞集擺在眼前，林縵華無法辭卻，於是她選了吳夢窗詞〈高陽台・落梅〉，將其寫下。詞曰：

　　　　宮粉雕痕，仙雲墮影，無人野水荒灣。古石埋香，

2　同上注，頁 988-1000。

3　林縵華著、魯曉鵬編：《嶺南學人林縵華文集》（香港：三聯書店，2022年），頁 18-20，141-142。

金沙鎖骨連環。南樓不恨吹橫笛，恨曉風、千里關山。半飄零，庭上黃昏，月冷闌干。

　　壽陽宮裏愁鸞鏡，問誰調玉髓，暗補香瘢？細雨歸鴻，孤山無限春寒。離魂難倩招清些，夢縞衣解珮溪邊。最愁人，啼鳥晴明，葉底清圓。

林緎華寫罷，程曦看了後非常高興，說這是他最喜歡一首詞。他便依吳夢窗詞原韻賦和，寫下〈高陽台〉一首。

　　暗香深沈，繁枝冷落，夕陽又下江灣。夢里香魂，分明佩玉鳴環。此生總被痴人誤，願來生、散髮荒山。最蕭涼，盼到羅浮，望斷河干。

　　聽歌遣取青鸞便，綠衣捧酒，留得痕瘢。一抹空林，斜月誰慰清寒。嶺南猶寄春歸訊，怕隴長瘦損闌邊。問天涯，萬木低迷，幾樹團圓？

之後，長於做詩詞的冼得霖也立即賦和吳夢窗〈高陽台〉詞。其和詞如下。

　　似雪還輕，將飛更舞，飄零縞袂幽灣。舊日仙姿，月明想像琚環。多情卻恨驚鴻影，倩師雄、悵臥空山。嗅余香，蝶夢應憐，彩筆難干。

蓬萊倘許青鸞便，願求丹換骨，碾玉平瘢。立倦黃
昏，風前誰念清寒？綠陰不怨尋芳晚，奈無端吹笛樓
邊。更痴懷，瓊樹常新，璧月同圓。

洗得霖餘興未盡，再賦一闋〈高陽台〉詞。原詞如下。

香逐春塵，舞憐醉影，亂愁吹遍江灣。無限情牽，
辭枝猶自回環。飄紅豈共桃花薄，帶斜陽、恨滿孤山。
最銷魂，綵蝶齊飛，上下闌干。
朱顏不駐流霞色，聽歌戲艷曲，心撫痕瘢。碎錦隨
風，天涯渺渺春寒。堅盟旦訂重來早，預幾番索笑林
邊。算如今，紅雨淒迷，點點輕圓。

　　這種唱和的場景令年輕的林縵華驚嘆不已。她佩服和欣賞老
師們的才華和情趣。她寫信給在香港的父親林碧城，講述此事經
過，並為之抄錄這些詞作。從她的那封家書中，我們今日得以讀
到這幾首詞並想像當時的情況。

　　如在本書前一章所述，就是在同一年，離廣州近在咫尺、身
在香港的廖恩燾和劉景堂等人籌劃建立一個詞社。這個詞社於
一九五○年底在香港成立。而林縵華的父親林碧城在一九五一年
加入這個詞社，詞社後來取名「堅社」。

　　回顧一九五九年刊行的《碧城樂府》序文，劉景堂簡明扼要

的講述了他與林汝珩初識的時間以及堅社活動的內容。他寫道：

> 辛卯春，余因廖懺菴丈始識汝珩。於時並偕曾、
> 王、羅、張、湯諸子共結堅社。每月集於懺菴丈之影樹
> 亭，各出所作，互相評騭，及研討古今聲家之得失。無
> 汲汲求名之弊，而有唱和應求之樂。[4]

　　辛卯年是公曆一九五一年。對於堅社的成立與早期成員，
王韶生澄清劉景堂的說法。王韶生云：「蓋堅社成立在前，林汝
珩、曾希穎、湯定華三君加入在後也。」[5]然而詞社正式命名為「堅
社」，是在林汝珩等人加入後的事情。關於堅社的活動，劉景堂
雖着墨不多，卻恰如其分地陳述了詞社的狀況。新發現的資料進
一步證實了劉景堂的講述。堅社詞友每月在廖恩燾的住所影樹亭
聚會，拿出自己的詞作，彼此唱和，互相評論，商討古今詞人的
特點和優劣。他們之間洋溢着誠懇、認真、愉快的探討氣氛。

　　劉景堂的《滄海樓詞自序》縱論歷代詞家：「兩宋詞人，惟
東坡、白石變化莫測，古今論者，罕見其奧。元、明無足數。」
對清代，他尤其推崇蔣春霖（鹿潭）之《水雲詞》與文庭式之《雲
起軒詞》。他說：「知我者其在水雲、雲起之間呼！」劉景堂的
上述評論與林碧城的看法頗有相同之處。林碧城對白石詞有所研

4　劉景堂：〈劉景堂序〉，林汝珩著，魯曉鵬編注：《碧城樂府》（香港：
　　香港大學出版社，2011 年），頁 27。

5　王韶生：〈廣東詞人與香港之姻緣〉，《懷冰室文學論集》（香港：志文
　　出版社，1981 年），頁 317。

究，也很喜歡《水雲詞》。可見劉、林除在詞社和社集之外，還頻頻相約論詞，論及姜白石、蔣鹿潭。

　　林碧城寫了一篇有關姜夔詞作和身世的文章。在林碧城家中，亦發現劉景堂的文章〈東坡《水龍吟・楊花詞》〉。顯然，堅社社友彼此交換他們研究詞的心得體會。有時他們當面討論，有時互閱文章，有時書信交流。在其文章中，林碧城就姜夔的經歷和詞作提出他自己的見解。他談到姜夔詞中多處出現的女子，以為是同一人：小喬。劉景堂專門給林碧城寫了一封長信，討論姜詞，與之商榷。信的開頭如下：

> 昨談姜詞覺有未妥之處。〈鷓鴣天・元夕〉一闋因鄭叔問謂可與〈丁未元日感夢〉之作參看，遂為所誤。實則兩事無涉。按陳慈首云所夢即〈淡黃柳〉小喬宅中人也，此說為是。然則〈鷓鴣天〉、〈淡黃柳〉所賦為一人，〈踏莎行〉、〈杏花天影〉所賦又另一人。[6]

　　劉景堂坦率地表達他不同意林碧城的觀點。林碧城以為姜夔幾首詞裏講的女子是同一人，而劉景堂不以為然，認為是兩個不同的人。這類真摯、坦誠的對話，在劉景堂致林碧城和其他社友的信中屢屢可見。

　　堅社社友一起評論較多的古代詞人還有周邦彥、張炎、蔣春霖等人。在劉景堂的兩封信裏，他與林碧城評析蔣春霖的《水雲

6　《番禺林碧城先生藏故舊翰墨選輯》，頁 202。

樓詞》。其中一封信的全文如下：

　　昨談甚暢。歸再細讀鹿潭〈渡江雲〉，確甚精警。
惟篋中詞校印極劣，常有訛漏。此詞下闋「青衫無恙」
下缺一字，當是「閒換了」。又一角「滄桑」之「滄」
亦疑其誤。因「明月」是一事，「滄桑」是兩事，應改
為「紅桑」或「青桑」似較妥也。水雲才雖大，而用字
亦有不細之處。如〈唐多令〉「哀角起重關」，與第三
句「歸雁聲酸」相接太近。雁聲當被角聲所掩，且令人
聞報應接不暇。若改為「哀角厭重關」則盡善矣。質之
高明以為何如。
　　此上

　　　　　　　　　　碧城詞長　璞上言 十六日[7]

　　此處劉景堂與林碧城言及蔣春霖〈渡江雲〉和〈唐多令〉的
優劣得失。在劉景堂的另一封給曾希穎並轉林碧城、湯定華的信
中，我們又得以窺視堅社社友之間的坦誠交談。

希穎大兄：
　　昨寄舊作數闋，諒邀青，及歸讀碧城所假篋中詞，
依彊村朱墨圈點，甚為精細。足見平日用功之處。又日
前座中兄謂清真「睡起雙眸清炯炯」及「橋上酸風射眸

7　《番禺林碧城先生藏故舊翰墨選輯》，頁 167。

子」二語不佳。而碧城為白雲「莫開簾，怕見飛花，怕
聽啼鵑」辯護，謂有亡國憂時之感。均有特識，為僕意
想所不及，至足欽佩。僕於詞學六十而後始稍有悟入，
遜二君多矣。茲得咫社課題，成〈玉京秋〉一闋。因時
地故，感念甚深。錄上一燦。並望轉致碧城、定華。暇
再約敘。順頌吟祺。弟堂頓首。十二日 [8]

　　他們幾人一起談論宋代詞家的得失。具體詞作是周邦彥（清
真）的〈蝶戀花・早行〉（「喚起兩眸清炯炯」）和〈夜游宮〉（「橋
上酸風射眸子」），以及張炎（白雲）的〈高陽台・西湖春感〉
（「莫開簾，怕見飛花，怕聽啼鵑」）。璞翁同時稱讚林碧城之於
詞學「甚為精細」、「平日用功」。璞翁是長者，而他以謙遜平等
的態度與同社諸人談論詞學，由此可見堅社風範一斑。

　　當時的詩人、詞人、社友給林碧城的信中，表達了他們對詞
的理解和觀點。他們就一系列問題交換意見、展開討論，比如如
何寫詠物詞、嚴格遵守韻律的必要。

　　堅社社課是應題而作，其中不乏詠物詞。劉景堂就詠物詞的
特點，寫信給林碧城，與其商討蔣春霖《水雲樓詞》中的詠物作
品，並附上他本人的詠物近作〈玉蝴蝶〉的初稿。

　　　　承示並抄寄《水雲詞》，至謝。弟以為〈鬢梅〉、
　　〈寒菜〉二闋為佳。〈妙香〉一闋微嫌近纖，畫竹於畫字

8　同上註，頁 140。

太略。詠物詞最難，取神太貼則呆，太疏則泛。是以古
今聲家咸以東坡〈楊花〉、白石〈蟋蟀〉、王中仙〈蟬〉
為絕唱。真不謬也。近以冒鶴亭屢催和〈玉蝴蝶〉詞，
此題亦近似詠物。勉成一解。錄呈教正。並附上原作及
懺盦和作。如晤了菴並乞交閱，因懶於重寫。

　　此致

　　　　　　　　　　　碧城詞長　景堂頓首　廿日 [9]

　　依劉景堂之言，「詠物詞最難，取神太貼則呆，太疏則泛。」
如果一首詠物詞扣題太緊則顯得呆板，而離題太遠則顯得空泛。
這是詠物詞的兩難。

　　林碧城家中藏劉景堂雜文一篇〈東坡·水龍吟〉。劉景堂對
蘇東坡這首出神入化的詠物詞進行逐字解析。劉景堂云：「詞人
詠物之作，多不就正面着筆。蓋物本無情，而人有情。因物興感
是謂寄託。本文自明，又不必強為附會也」、「東坡此闋，乃以
楊花比擬遊子，而就離人眼中寫之」、「句句是楊花，句句是離
人。詞至此境，可稱化工。」 [10]

　　堅社社課中不少詠物詞，如〈南浦·春水〉、〈碧牡丹·紅
棉〉、〈落葉〉等等。一九五二年春，堅社社課之一是〈喜遷鶯·
春山杜鵑花〉。這期社課可算作「詠物」詞或類詠物詞，詠「杜
鵑」。林碧城依題賦詞。

9　《番禺林碧城先生藏故舊翰墨選輯》，頁 168。
10　同上注，頁 207-208。

喜遷鶯　　春山看杜鵑，用梅溪體

翠深紅隙，有雨梢風萼，血痕猶積。閬苑仙還，天涯花發，穠艷似曾相識。亂山開滿處，看一片、錦坪如織。掩紅淚，伴斜陽冉冉，送春無極。

鄉國，正寂寂、舊侶鶴林，忍見傷心色。夜月三更，華鬘一霎，花夢總成追憶。好枝難寄遠，休更向、梢頭攀摘。怕萬一、動客愁怎生歸得。

廖恩燾讀了林詞後，大加讚譽。他的一九五二年三月十三日的信寫道：

> 《喜遷鶯》社作尊製不惟意警詞豔，詞中「血痕猶積」、「掩紅淚」、「舊侶鶴林」、「動客愁怎生歸得」等句，於「杜鵑」二字絕不放鬆，可稱老斲輪手，至為欣佩。勝拙作多矣。伯端、希穎必有佳構，亟欲快睹耳。勾覆。[11]

在廖恩燾眼中，林碧城的堅社社作〈喜遷鶯〉是一首上乘的描寫杜鵑的詠物詞。詞中不見「杜鵑」二字，然而處處扣住主題，這便是詠物詩的奧妙所在。

堅社要求填詞一定押韻協律，這是他們的一個主要論題。廖

11　同上注，頁 15。

恩燾尤其反覆督促社友嚴格遵守。在以下一封信中,他直言不諱
地指出林碧城詞中可能出韻的字句。

　　碧兄詞長道案:

　　　　〈玉樓春・題湯定華畫扇〉詞,意新辭警,既爽朗
　　又豪宕,大有入門下馬氣如虹之慨。惟查尊制係用第七
　　部韻,而劍字係十四部,桥字五十六部韻。想吾兄一
　　時匆促致此疎忽。不揣冒昧代為改作「書讀不成應劍
　　玩」,未知當否。〈玉樓春〉第二句應仄韻起不應用平
　　也。[12]

　　堅社社友互相傳閱評析他們的社作。林碧城將填好的社課詞
〈石州慢・月當頭夜〉初稿呈錄給廖恩燾。以下是廖恩燾兩處批
注的節錄:

　　　　「室」與「膝」音近,故改「海粟」。
　　　　一詞重用三「天」字似未合,故為易之。
　　　　「拜」字入十二蟹,不及「線」韻。
　　　　恃愛略酌易數字,乞恕狂妄　　燾注[13]

　　劉景堂同樣帶頭遵守音韻。他填就〈水龍吟・春懷和區少

12　原件收藏於香港中文大學圖書館。

13　同上注。

幹〉以後，傳示社友。廖恩燾指出詞中兩處的音韻值得商榷，劉
景堂隨即修改此詞。在一九五三年三月二日致林碧城的信中，他
如是寫道：

> 手示誦悉。拙作承獎，至愧。上闋檢字出韻十分疎
> 忽。得鳳老指示，匡救其失。茲改為「管」字。下闋第
> 二句第二字應用平。並改正於後，又附近作〈鷓鴣天〉
> 一闋，統呈大教。何時渡海之便尤盼快談也。[14]

如果堅社形成了一種詞學風尚，對後來的香港詩詞界產生深
遠影響，以上講述的幾個特點便是這種詞風的要素。

堅社的另外一大特點就是詞人對自己詞作的反覆修改、鍥而
不捨的精神。所有社友都是如此。他們修改自己的詞作，也虛心
聽取社友對自己詞作的意見，也為詞友的作品提出建議。

任友安的《鷓鴣憶舊詞》記載張叔儔對當年堅社具體活動的
一段回憶：「每月社集，舉行一次，與會者各以所成詞互閱，而
就正於鳳老及劉伯端先生，鳳老每批卻導竅，無不悉中肯要。與
伯端先生持論，亦無不相合也。社課題目及詞調，多由鳳老指
定。鳳老詞大率先成，鳳老往往賈其餘勇，社作之外，一題加填
至十數闋，其意氣之縱橫，意義之深邈，無不斂手贊嘆。」[15]張
叔儔還提及廖恩燾對他的一首詞作有過譽的話語而慨歎道：「其

---

14 《番禺林碧城先生藏故舊翰墨選輯》，頁 170-171。

15 任友安：《鷓鴣憶舊詞》（香港：天文台報社出版社，1990 年），頁 165。

獎掖後進有如此者」。他回憶當年廖恩燾對填詞的看法:「謂必須
多讀多作,而尤須多改」。[16]

　　所有這些情景在碧城家的材料中不但歷歷可見,而且令人深
切感受到這個詞社令人仰慕的社風。對於林碧城的詞,廖恩燾也
有過譽之語,這也是鳳老鼓勵後學晚輩的用心所在。在他們詞作
的初稿與定稿之間,有一次、兩次、多次的改動,精益求精,
罕見沒有修改過的詞作。每一詞作的過程便是一個例子,茲舉
數例。

　　劉景堂做〈采桑子‧元夜和懺菴〉,呈示林碧城。

　　　　紋茵踏影笙歌沸,鬢角香招。何處魂銷?樓閣玲瓏
　　入望遙。
　　　　花燈雖好妨明月,第幾紅樓?舊夢迢迢。猶憶春纖
　　教玉簫。

　　　　　　　　　　　　　　碧城詞長正拍,璞翁初稿[17]

劉景堂又寄信給林碧城,呈示修改后的稿子。

元夜詞擬改數字,再呈此致

　　　　紋茵踏影笙歌沸,鬢角香招。何處魂銷?樓閣玲瓏

16　任友安:《鷦鵡憶舊詞》,頁 164。
17《番禺林碧城先生藏故舊翰墨選輯》,頁 165。

入望遙。

　花燈可惜妨明月，第幾紅樓？舊夢迢迢，長為佳人想玉簫。

璞翁改稿[18]

　詞的第二闋修改了兩處。「雖好」改為「可惜」。最後一句改得最多。「猶憶春纖教玉簫」改為「長為佳人想玉簫」。即使稿子改好之後，劉景堂似乎仍不滿意，未發表詞作。他再賦〈采桑子〉一闋，寄呈林碧城。

采桑子　元夜再呈懺菴

　年時記得觀燈夜，璧月初圓。酒滿金杯。吹暖緱笙夢欲仙。

　如今老去逢佳節，春色無邊。莫擾閒眠。付與他人樂少年。[19]

　《滄海樓詞鈔》收錄此詞，詞牌題目為〈臨江仙·元夜和懺盦〉。[20] 詞牌有誤，應是〈采桑子〉。《劉伯端滄海樓集》收錄此

18　同上注，頁 165。
19　同上注，頁 173。
20　劉景堂：《滄海樓詞鈔》（香港：缺出版社，1953 年），頁 39。

作，更正錯誤，題為〈采桑子・元夜和懺盦〉。[21] 兩集中此詞上
闋第三句「酒滿金杯」均為「酒滿金船」。雖然只是一字之差，
劉伯端修改原詞，力求完美。

　　廖恩燾雖精於音律，也偶爾疏忽。對於自己的詞作，他聽取
社友的意見，反覆修改。這方面的例子不勝枚舉。一九五二秋的
社課是〈促拍滿路花・送秋〉。廖恩燾一連寫了五首，但是每首
必有修改。他致信林碧城。

　　　　弟此行未帶書籍，於此題只枵腹從事。故多謬誤。
　　伯端專糾正。茲改各首如下。第一首改「結網簷蛛
　　滿」。第二首改「莫問歸樓否，碧海成桑處」。第三首
　　改「華果倪迂借」。第四首「不再殘粧整」。蓋清真詞
　　短字句是叶韻，而彼用短字不叶。按本詞仄韻一首則
　　用。而千里、彊村等均用韻。故伯端以為應用均。余依
　　之。[22]

　　廖恩燾聽取劉伯端的看法，從善如流。他對自己的社課之作
〈碧牡丹・紅棉〉的改動及其理由，又是一個很好的例子。他將
初稿、改稿和解釋呈示林碧城。廖恩燾寫道：

21　劉景堂原著，黃坤堯編纂：《劉伯端滄海樓集》（香港：商務印書館，
　　2001 年），頁 125。

22　原件收藏於香港中文大學圖書館。

查晏作「院」字，初誤為上聲，故用「挺」字。豈
知改為「隤」字去聲，於意更似深一層。晏作換頭「限」
字，初誤為去聲，故用「勁」字。改為上聲「挺」字，
與下句更覺聯繫。至第二首用「在」字，可去可上。可
見作詞愈多改，愈覺妙諦環生，前人作詞皆再三改竄，
即此故也。[23]

在這批新發現的資料中，有大量林碧城本人的詞稿。毫無例
外，他也反覆修改自己的詞稿。比如我們發現了〈燭影搖紅‧乘
火車遊新界，同希穎、定華〉的初稿，原題目為〈燭影搖紅‧偕
了庵、定華遊大埔戲作（未定稿）〉。試比較初稿和定稿。

燭影搖紅　偕了庵、定華遊大埔戲作（未定稿）

跨水穿山，鐵輪軌上風雷起。高峯轉瞬又平原，彈
指迷千里。俊侶新詞促倚，總輸他、江郎才思，不如且
住。引頸窗前，畫圖癡對。

大埔街頭，水鄉產物豐魚米。閒行重到酒家來，小
飲成微醉。入望薈蔚滴翠。近黃昏、秋容更媚。歸途未
晚，一笑相看，勞生能幾？[24]

23　原件收藏於香港中文大學圖書館。
24　詞原件林碧城後人藏。

最後定稿如下：

> ### 燭影搖紅　乘火車遊新界，同希穎、定華
>
> 　　跨海穿山，繞輪怒軌風雷起。萬巖千壑眼前來，輕橇橫天際。儔侶新詞促倚，總輸他、江郎逸思，不如休矣。搔首窗前，畫圖癡對。
>
> 　　南國新登，水鄉產物豐魚米。小樓堤畔酒旗斜，薄飲成微醉。入望峯巒滴翠。近黃昏、秋容更媚。歸途未晚，談笑相看，勞生能幾？

　　現在看來，兩稿皆佳，各有千秋。改後的稿子似乎在個別字句上用詞更準確洗鍊，詞的意境愈加完美。上闋的「跨海穿山……輕橇橫天際」更着筆於香港地區的壯麗海景。「搔首窗前」比「引頸窗前」的刻畫愈顯得詼諧有味、入木三分。下闋的首句：初稿「大埔街頭」落墨於具體場景，而改稿「南國新登」更強調詞人的整體感受。隨後幾句的修改對景物和情感的描寫更細膩。結尾處：「一笑」改為「談笑」更烘托出當時三人間的氣氛。

　　作為幾十年後的讀者，有時初稿比定稿更含有信息，愈能發人深省。堅社的一期社課題為〈渡江雲‧辛卯除夕花市〉。辛卯除夕是陽曆一九五二年一月二十六日。二月二十三日，林碧城將填寫與初步修改後的〈渡江雲‧除夕花市〉與他的另外兩首詞一並呈送廖恩燾。廖恩燾在林碧成的原稿上寫下批語，與之推敲。林詞原稿如下。

渡江雲　除夕花市

　　素馨斜畔路（廣州河南地名），嬉遊慣處，曾記誤隨車。舊情拘未定，節物何堪，歲暮又天涯。尋常巷陌，看今宵、喧似蜂衙。還省識、渡江梅柳，渾是故園花（本港年花多自羊城運來）。

　　堪嗟。千絲弄碧，半面凝粧，想臨風瀟灑。休更問、移根換葉，將落誰家。春心莫共花爭發，買花枝、難買年華。歸去也，椒杯且醉流霞。[25]

　　此稿中的個別字句與後來發表於《碧城樂府》的詞有所不同。最值得注意的是詞稿中的兩處自注：上闋的第一句和上闋的最後一句。《碧城樂府》沒有收入這兩處注釋。「素馨斜」是「廣州河南地名」[26]；「故園花」是說「香港年花仍多自廣州運來」（另一手稿：「本港年花多自羊城運來」）。兩句詞及其注釋使得讀者更加深刻地了解詞的內涵和詞人的情感。林碧城出生於廣州河

25　《番禺林碧城先生藏故舊翰墨選輯》，頁 333。

26　李綺青為廖鳳舒（廖恩燾）的詩集《新粵謳解心》作序，極力描述廣州此地風貌人情：「素馨斜畔，遊人買醉之場。紅荔灣頭，詞客徵歌之地。珠簾處處，戶習豪華。銀管家家，人諳新曲。畫船霧集，吹來《水調歌頭》。花埠雲連，行去《祝英台近》。春江喚渡，偶遇桃根。秋月當樓，或逢菱女。言情麗製，浣殘北里之羅裙。索笑香詞，灑滿東鄰之粉壁」。《新粵謳解心》（香港：天地圖書公司，2015 年），頁 32。

南，生於斯、長於斯，如今羈留港島，無望回鄉。詞人在新年除夕的花市看到從故園運來的花枝，回想青春往事，倍感惆悵與思念。詞是詠歎花枝，也是詞人經歷的自我寫照。

　　晚輩修改，前輩也修改，越改越好。大家互相幫助，共同進步。意有未盡，再賦一首。這是堅社詞風。「社集」或「社課」存在的意義就在於此：大家坐在一起或通過書信欣賞、評價彼此的作品，交換心得體會。這麼做是出於愛好、興趣。恰如劉景堂所言：「無汲汲求名之弊，而有唱和應求之樂。」同時，應當說堅社的產生也具有一定的文化感、使命感。晚清、民國之際，詩社、詞社盛行中國。舊體文學在白話新文學的衝擊下，力求找到自己的生存空間。到了一九五〇年代，中國的政治和文化經歷翻天覆地的巨變，詞的領地愈發狹窄。詞社是繼承傳統文化的一種方式。

第三章

堅社詞人之唱和與情緣

　　堅社定期組織社課、社集。次外，堅社詞友之間時常有唱和活動，實為香港文壇佳話。由於資料的缺失，以往的堅社研究不知曉全部社課內容和社課以外唱和的存在和細節。今茲將新發現的詞作及信件進行梳理，找出它們的內在聯繫，按時間順序還原當初的唱和與交往。林汝珩是這些活動的主要參與者，有時也是發起人。他的活動，為我們提供了大量線索。

　　從一九五一年冬到一九五三年秋，林碧城總共參加了十一期堅社社課，並留下作品。社課如下。

　　〈過秦樓〉：石塘晚眺，清真聲均，堅社〔六〕期課（廖恩燾首唱）

　　〈石州慢〉：辛卯月當頭夜，小集碧城詞館。張女士畫牡丹，希穎補石，懺庵、璞翁、定華各有題詞，並約同社諸子共賦此解（林碧城首唱）

　　〈酷相思〉（廖恩燾首唱）

　　〈憶舊遊〉（劉景堂首唱）

　　〈渡江雲〉：辛卯除夕花市（廖恩燾首唱）

　　〈喜遷鶯〉：春山杜鵑花（廖恩燾首唱）

　　〈南浦〉：春水（廖恩燾首唱）

　　「舞會」或「觀舞」（王韶生首唱，各家所用詞牌不一）

　　〈滿庭芳〉：贈歌者燕芳（劉景堂首唱）

〈浪淘沙慢〉：送春（劉景堂首唱）

〈鷓鴣天〉：秋日書懷（劉景堂首唱）

正式社課之外，林碧城頻繁參加乃至引發詞友之間的唱和。在這章裏，我講述一些突出和有趣的例子。

一、鳳老歸途賦詞，點畫《月當頭夜小集碧城詞館》

林碧城精心策劃了一場在他家舉行的堅社社課。一九五一年十二月十三日前後在林宅召開了一期社課：〈石州慢‧辛卯月當頭夜，小集碧城詞館。張女士畫牡丹，希穎補石，懺庵、璞翁、定華各有題詞，並約同社諸子共賦此解〉。堅社社友一共七人參加此次社集：林碧城、廖恩燾、劉景堂、張紉詩、曾希穎、湯定華、區少幹。除區少幹外，他們都應題賦詞，其墨跡保留至今，且均已捐贈香港中文大學圖書館。廖恩燾〈石州慢〉詞中，讚賞林碧城熱情好客，描述張紉詩和曾希穎即席作畫的情境以及詞友聚會的盛況。詞裏一句寫道：「聲家白社今宵結」。[1] 此處廖恩燾充分肯定林碧城以及由他組織的這次社課對堅社的創辦和發展所做出的貢獻。

有趣的是，廖恩燾除了賦詞〈石州慢〉之外，還在回家的途中口占小令〈鷓鴣天〉一首。這是廖恩燾給林碧城的信：

1　卜永堅、錢念民主編：《廖恩燾詞箋註》下冊（廣州：廣州人民出版社，2016年），頁985-990。

碧城詞長足下：

　　前夕叩擾，<u>盛筵醉飽之餘，藉承教益，既感且樂</u>。歸途得〈鷓鴣天〉小令，題紉詩女士畫牡丹，希翁補石，與璞翁同看。戲成。錄呈郢正。

　　不買燕支寫此花。怎生得黑女詞家。圖非和靖梅魂鶴，色是昭陽日影鴉。（余請女士畫墨梅，女士援墨作牡丹）

　　憑補石，筆杈枒。文章子固正如他。霧中吾約劉晨看，一朵分明洞口霞。

　　鄙俚不堪，並博希翁一笑耳。（省略數字）手此敬吟，謝惘不盡欲言。

　　即頌儷祉

嫂夫人坤安

　　　　　　　　　弟燾頓首　十二月十五日 [2]

　　日後，在張紉詩和曾希穎合作的牡丹石頭畫上，廖恩燾將這首〈鷓鴣天〉抄錄於其上。短短一篇小令，廖恩燾數次用典。第二句「怎生得黑」引用北宋李清照詞〈聲聲慢〉，將女詞人張紉詩比作李清照。第三句「圖非和靖梅魂鶴」是指喜好梅花的宋代隱士林和靖（林逋）。因為同姓林，以此比喻林碧城。第四句引用唐人王昌齡詩句「玉顏不及寒鴉色，猶帶昭陽日影來」。王昌

2　鄒穎文編：《番禺林碧城先生藏故舊翰墨選輯》（香港：香港中文大學出版社，2018 年），頁 10。

齡詩詠漢代才女班婕妤，這裏指才女張紉詩。下闋「文章子固正如他」句中的子固，是指曾子固（曾鞏），唐宋古文八大家之一。因為曾希穎同樣姓曾，故將其比作古人曾子固。詞的最後兩句，以古人劉晨指在座的劉伯端，用劉晨誤入桃源的傳說。全詞詼諧生動，結尾尤其富有想象力。「霧中」看花，卻看得格外「分明」。畫裏的石頭和牡丹花猶如山洞口的一朵彩霞。這幅圖文並茂的珍貴畫卷，至今懸掛在香港的林宅裏。二〇一一年出版的《碧城樂府》的封面，便用了這幅畫卷。

　　堅社社課之外，林碧城與堅社詞友之間亦多有唱和之作。這些小範圍的唱和表露了他們之間的誠摯友情，他們對作詞的執着認真。他們的交往堪稱香港文學史佳話，騷壇盛事。茲舉數例。

二、壬辰重九，互呈詞作

　　壬辰年（一九五二年）重陽節，幾位堅社詞人同時賦詞〈桂枝香・壬辰重九〉並相互呈送。林碧城將他的作品出示劉伯端、劉子平、曾希穎、廖恩燾等朋友。林詞如下。

桂枝香　壬辰重九（改稿）

　　韶華似舊。正異客異鄉，又逢重九。乍雨還晴總是，釀愁時候。茱萸強自簪巾幘，繞危欄，獨憑高岫。夕陽無限，江關何處，幾回搔首。

　　更誰共、東籬把酒？歎人遠天涯，淚沾襟袖。故國西風，料也比黃花瘦。何須更問秋能幾，且看他敗荷衰

柳。膾鱸休憶，無多歸興，亂鴉啼後。

劉景堂讀後，致信林碧城，稱讚其詞，並提出修改意見。劉信云：

> 大作《桂枝香》用意深婉，下闋收筆尤佳。至佩。惟「迴峰」與「高岫」微嫌重複，不如改為「繞危欄，獨憑高岫」。因太平山頂確有危欄，不妨寫實也。未知高明以為何如。鳳老重陽後到九龍小住。下回社集何不由兄先邀在尊齋一敍？以星期日為宜。又乞以下午兩點至四點著敍時間，俾歸途猶未入夜也。仍候尊酌。
>
> 　此致
>
> 　　　　碧城詞長　弟端頓首　　廿一日
>
> 　近讀小山《碧牡丹》詞，甚佳。請檢閱。晤時細談。[3]

林碧城按照劉景堂的建議修改詞稿。在一封劉子平致林碧城的書信中，劉子平亦談到此詞，寫道：「〈桂枝香〉詞內如『何須更問秋能幾？且看他敗荷衰柳』二句，將殘秋活現紙上，尤為清逸可喜。極佩服。」

曾希穎也賦詞〈桂枝香·壬辰重九〉一首。林碧城家發現曾希穎詞原稿兩件。一稿專門寫給林碧城，另一份呈示同社眾人。

3　《番禺林碧城先生藏故舊翰墨選輯》，頁 152。

此詞後來亦收入《潮青閣詩詞》，個別字句與林家發現的稿子不同。[4]

桂枝香　壬辰重陽

　　凭高墮幘，悵白髮風前，山雪猶識。無限思親心事，此秋難敵。一般霜老黃花候，忍細看，舊籬香色。采薇身遠，停雲歌闋，甚餘筋力。

　　漫見說秋光無極，正戍鼓連營，征騘催篷。自笑隨人醉裏，居然游客，倚欄指點鄉關近，奈興亡過眼陳跡。定須吩咐，夢歸能展，雲山千尺。(母塋在白雲山)

　　大作拜讀之下，慷慨難悲歌，不可一世。句法渾成，猶為餘事，我輩從此努力未必定遜前賢也，茲將拙作錄呈就正，尚祈有以教我。今日下課以候車歸家稍遲，未克接駕，甚歉。

　　匆此　敬上

　　　　　　　珩公道席　　弟希穎頓首　十，卅。[5]

曾希穎此詞的另一稿，略有不同。

4　曾希穎：《潮青閣詩詞》，頁 69-70。

5　《番禺林碧城先生藏故舊翰墨選輯》，頁 270。

桂枝香　壬辰重陽

　　凭高墮幘，嘆散髮風前，山雪猶識。無限思親心事，此秋難敵。一般霜老黃花候，忍細看，舊籬香色。采薇身遠，停雲歌闋，甚餘筋力。

　　漫見說秋光無極，正戍鼓連營，征騮催篷。自笑隨人醉裏，居然游客，倚欄指點鄉關近，奈興亡過眼蹤跡。定須吩咐，夢歸能展，雲山千尺。

　　　　　　　　錄呈同社諸君子正拍　　　希穎初稿[6]

　　蘇圃（余少颿，余祖明）作律詩一闋，和曾希穎詞，並呈示林碧城。

　　　　九日希穎見過，出示〈桂枝香〉詞一闋，相携市樓啜茗，漫成長句

　　　　秋懷無那獨楮頤，不作峯頭岸幘思。羊石腥風頻警夢，鰲洋暗浪每攢眉。

　　　　逢場菊瑑經年負，向午茶甌與子期。重有采薇身世感，判留筋力待明時。（希穎句「采薇身遠，停雲歌闋，甚餘筋力」）[7]

6　《番禺林碧城先生藏故舊翰墨選輯》，頁 270。

7　同上注，頁 293。

廖恩燾先後賦〈桂枝香〉兩首寄碧城，第一首碧城遺篋中未見，第二首兩次抄送林，兩次所抄的序文與詞句略有不同，其中之一的詞序談到對第一首詞的部分修改。

> 前作〈桂枝香〉，收筆改為「百年過臘重陽幾，願黃花端冕群玉。向風低首，穠紅盈萬，永為藩服。」再媵一首如下：

> 羈懷易觸。慰倦客只須，觴勸餐菊。知否牆東女又，暗窺臣玉。羌無宋艷和悲寫，賦悲秋此才誰屬。蠻鮫零髓，弓蛇臙影，帽萸同漉。
> 自舊節重陽怨蓄。乍鴻過南屏，霜氣髡木。應是狂風暴雨，造端晴旭。瑟旁醉臥無聊甚，甚狂追千古遺躅。布金教滿，鎔成閒淚，與何人掬。

碧城詞長兄郢正

懺盦呈稿[8]

張紉詩詞集中亦有〈桂枝香・重九〉詞一闋，[9] 是否是壬辰年之作，尚有待考證。無論如何，讀者可以欣賞堅社詞人各自所作〈桂枝香・重九〉詞，比較他們的文采和風格。當年張紉詩呈送林碧城一組她的重陽節近作：「文象樓近詩」，包括〈壬辰中秋〉，〈壬

8　原件收藏於香港中文大學圖書館。
9　張紉詩：《張紉詩詩詞文集》（香港：缺出版社，1961 年），頁 71。

辰重九〉、〈重九和鏡齋二首〉、〈重陽後二日與鼎公、千石、士
瑩、樂山、粲纓登金駝峰，鏡齋不果行，約有詩，歸爰賦三首〉、
〈金駝峰展重陽，倒用韻三首〉。張紉詩才華橫溢，巾幗不讓鬚眉。

　　劉子平是劉伯端叔父，亦作絕句二闋與林碧城唱和，抒發
秋懷。

汝衡先生寄〈桂枝香〉詞並贈《蒼虯閣詩集》

其一

　　雁背秋光落眼前，夕陽紅入異鄉天。詞人自是多蕭
瑟，明日黃花益惘然。

其二

　　士有悲秋淚不收，哀吟真欲起潛虯。幽憂隱味誰相
比，一代風裁聽水樓。[10]

三、元夜抒懷，連環酬唱

　　癸巳（一九五三年）初春，林碧城賦詞〈燭影搖紅・元夜有
懷〉，呈示諸位社友，引起一系列的反響。劉景堂、區少幹、廖
恩燾、曾希穎、劉子平等人先後反覆唱和，一共寫出七、八首和
詞。林詞如下。

---

10 《番禺林碧城先生藏故舊翰墨選輯》，頁 97。

燭影搖紅　元夜有懷

捲盡浮雲，月明珠海春寒淺。畫樓連苑沸笙歌，香泛瓊杯滿。呵醉金吾不管，恣嬉遊、風輕夜暖。五更燈火，十里鞭絲，閬仙猶羨。

能幾星霜，驚心何止滄桑換。故園東望路漫漫，離恨天涯遠。眼底舊情未諳。又誰家、簫聲遞怨？枉教回首，疑是霓裳，夢中吹斷。

劉子平於三月二十四日致信林碧城，和其原詞。其信曰：

拜讀新詞，悽抑雋折，益深念舊懷鄉之感。弟不善倚聲，茲勉成〈浣溪沙〉一闋，並近作七截十一章呈正，此上汝珩先生。

浣溪沙

燈火笙歌更此辰。東堤花月舊相親。風光幾換昔年人。

酒碧漫辭長夜飲，燭紅還照上元春。鈿車羅帕映前塵。[11]

---

11 同上注，頁 101。

　　曾希穎作〈燭影搖紅〉詞，與碧城唱和。曾詞兩次抄送碧城，序文及詞句有所不同。其中一稿序文寫有「並和碧城」，詞稿多處塗改，以致缺少一字。

燭影搖紅

　　紅棉譜就感慨未闌，璞翁邀集翠閣，選茗清　再拈一解，寫意并和碧城

　　日艷霞標，臺高曾引攀天意。今如飄絮嬾囘頭，顛倒春風醉。萬感冰壺未洗，忍填詞、矜才枝底。香塵凝夢，[　]畫呼愁，人間何世？

　　小約黃昏，鎖窗瓊欄深環翠。水廔燭影漫搖紅，盤蠟添鮫淚。細指輕羅繡字，怕淒涼、當年無此。騁觴蠻府，賡社南國，故花應記。

碧城詞長　　　正譜　　　希穎呈稿 [12]

　　區少幹依碧城原韻和之，作〈燭影搖紅·和碧城〉。區詞如下：

　　翠袖殷勤，酒邊休道閒緣淺。當時明月拂簾衣，花影簌還滿。酒盡人天不管，玉鉤斜，燈深語軟。淡紅衫子，約素腰肢，楚宮應羨。

12《番禺林碧城先生藏故舊翰墨選輯》，頁 274-275。

杜牧三生，海涯又見東風換。與君同是未歸人，西北長安遠。悵望珠城別館，勸斜陽、深杯申怨。花間留照，夢轉瑤京，那須腸斷？[13]

區少幹意猶未盡，又作一篇〈浣溪沙〉。其序曰：「余向不能綺語，碧城見示〈燭影搖紅〉，燈下和成，竟為小兒串句，可笑也。惟意有未盡，因詞題平仄諧協，乃用為〈浣溪沙〉首句，再和之。」

燭影搖紅和碧城。此身仍在已堪驚。塵箋醉墨歡何成。

一往定知詩是累，無端安有酒能平。五更燈影太分明。[14]

廖恩燾也和碧城此詞，作〈燭影搖紅〉。其序云：「碧城緘附元宵詞，少幹示和作，依均繼聲，寄伯端索同賦。」全詞如下：

休道元宵，老憐猶興斠同淺。鼇山曾誇買鬘春，招展花枝滿。舫聒獠弦旅管，麝飄燈風香浪軟。仙雲歌護入海，渾如門高求羨。（《史記‧秦始皇紀》：入海求羨門高誓。注：羨姓，門高名，古仙人）

---

13 同上註，頁 286。
14 同上註，頁 287。

蜃市彼知，解貂今又殘醪換。漫天匝地莽狼氛，陌
迥鶯飛遠。回首橋珠漱館，綠榕陰、波光蕩怨。悠悠羌
吹，綺夢闌珊，窗雞啼斷。[15]

劉伯端收到廖恩燾的信後，應邀賦詞，作〈采桑子‧元夜和
懺庵〉。如前所述，他寫了初稿，然後加以修改，謄寫第二稿。
劉伯端意猶未盡，作〈采桑子‧元夜再呈懺庵〉。林碧城感謝
劉、廖二老盛情，又作〈采桑子〉詞和劉伯端。

采桑子

年時燈火闌珊處，花滿金堤，月滿樓西，曾記纖蔥
醉裏攜。

重來輦路人何在？心字羅衣，雪柳蛾兒，空惹風前
淚暗垂。

由林碧城開始的唱和，轉了一圈之後，又由林碧城詞結束。

四、碧城招飲，互傾情懷

癸巳仲春（一九五三年），林碧城新家安頓完畢之後，便在
寓所宴請堅社社友。那是一次愉快而難忘的聚會。劉景堂、區少

15　原件收藏於香港中文大學圖書館。

幹、曾希穎、余少颿等人造訪林宅赴宴。區少幹（四近翁）率先作〈七律〉一闋，表達他的情懷。

碧城宴集堅社詞人

　　苦語槎枒不可營，來從詞客倚新聲。小樓薰被初知味，大浸稽天慣不驚。達士宴開江上閣，散材自稱酒邊兵。人情久厭彝倫腐，莫賦懷沙澤畔行。[16]

才思敏捷的曾希穎隨後揮筆賦和，留下酒後豪放之言。

碧城家小集，和四近翁

　　三層江閣獨能營，且可高影一縱聲。世苦任教從各味，亂深何必更相驚。賞春小集來詞客，飲酒難枉分老兵。去住丈夫等閒事，迷陽門外問誰行。[17]

　　適逢其會的蘇圃（余少颿，余祖明，自強不息齋）也賦詩一闋，和區少幹原韻。

---

16 此詩收入區少幹：《四近樓詩草》（香港：缺出版社，1962 年），頁 53。
17 《番禺林碧城先生藏故舊翰墨選輯》，頁 284。

碧城詞長留飲寓齋，次少幹韻，癸巳仲春

　　竭來高閣息營營，嗷誂尊前雜笑聲。不速客逢文字飲，振奇句動鬼神驚。倘教丹訣換凡骨，也向詞壇學短兵。差幸今春心力健，周旋猶可酒三行。（止酒數月，今始破戒）[18]

　　讀者可以想象當時文壇唱和的熱烈情景。劉景堂回家後作〈臨江仙〉一首，流露出堅社詞人之間的真摯感情。

臨江仙

　　碧城招飲，少幹、希穎即席賦詩。余醉歸，倚此相和，仍用前韻

　　月當頭夜曾歡賞，今朝又聚萍蹤。人生惟有酒懷同。恩怨爾汝，誰念馬牛風。（席間與碧城各道所懷）年少幾人誇倚馬，新詩疊韻重重。渡頭催別一聲鐘。此情留取，他日話相逢。

　　詞上闋的第一句「月當頭夜曾歡賞」，是璞翁回想早先的一次難以忘懷的聚會，即一九五一年冬在林碧城家舉行的堅社社課「月當頭夜，小集碧城書齋」。下闋稱讚社友即席賦詩，然後講到

_____

18 《番禺林碧城先生藏故舊翰墨選輯》，頁 295。

意猶未盡話別的時候。未盡之興和難忘的小集留待重逢再敘。全詞首尾照應，開頭回憶前次聚會，結尾盼望他日再會，情誼可見。

林碧城亦和璞翁，作〈臨江仙・寄酬璞翁〉詞。

臨江仙　寄酬璞翁

誰道樓頭當夜月，依稀還似長安。放懷且共酒杯寬。悠悠恩怨，相對欲言難。

別後音書傳秀句，清芬徒仰高山。梅花紙帳水雲間。春風詞筆，長使伴蒼顏。

詞上闋的前兩句：「誰道樓頭當夜月，依稀還似長安」，直接回應璞翁原作。林碧城是這兩次聚會的東家，最後又以他的和詞結束這輪唱和。

五、一峰詞句引發一輪唱和

一九五三年春，陳一峰作〈鷓鴣天・春夜書懷〉，呈送詞友。

鷓鴣天　春夜書懷

又是燈昏酒醒時。更堪簾外雨凄凄。雲屏隔影清歌闋，長恨金籠失雪衣。

潮有信，夢難期。當年淇上柳依依。扁舟漸遠東風惡，吹斷離魂逐絮飛。

碧城詞長指正　　　陳一峯未定草 [19]

劉景堂首先作〈臨江仙〉賦和，並寄碧城等人。

> **臨江仙　一峯賦懷人之詞，其聲甚怨，倚此和之**

　　過了花朝寒食近，香車一去無蹤。酒邊歡笑幾時同？游絲眼底，輕颺落花風。

　　已是懷人春又老，任他門掩重重。天涯殘月五更鐘。離魂歸夢，來往可相逢。

碧城詞長正拍　　　璞翁初稿 [20]

林碧城作長調〈瑞鶴仙〉和陳一峰、劉伯端。林詞如下：

　　一峯〈春夜書懷〉有「雲屏隔影清歌闋，長恨金籠失雪衣」之句。璞翁以其聲甚怨，倚歌慰之，其結句云「天涯殘月五更鐘，離魂歸夢，來往可相逢」。有感戲成此解，依夢窗體。

　　恨鈿鸞索斷。對雲屏影隔，酒醒人遠。傷心舊池館。漸沉沉寒笛，頻催更箭。良宵苦短。記當時、棲香正煖。又爭知、雪冷金籠，回首夢緣終淺。

19《番禺林碧城先生藏故舊翰墨選輯》，頁212。

20 同上注，頁174。

淒怨。清詞一曲，老淚千行，賦情難遣。依依紈扇。丹青在、又塵損。縱三更殘月，離魂來往，也負楊花踏遍。問劉郎、咫尺蓬山，甚時得見？

廖恩燾作〈臨江仙〉兩首，和陳一峰詞與劉伯端詞。兩首抄錄於下。

臨江仙

伯端和一峰懷人詞，余有崔灝題詩之感，顧陡然技癢，就題戲為續貂，深見其不知自量耳

懷友思鄉情正切，更堪縈夢嬌蹤，笑床燈恍忽衾同。酒醒人杳，留影在屏風。

只恨身無雙鳳翼，高飛穿破雲重。曉妝催趁梵玉鐘。仙娥喚起，攏髻笑相逢。

前調　戲爲一峰再進一解

縹緲仙山曾艷說，環兜留得香蹤，慰情漢武見妃同。何無尋処，釵折謝橋風。

綠葉陰成春況晚，蝶殘花影徒重。發人深省不須鐘。凍池冰解，萍水定相逢。[21]

21　原件收藏於香港中文大學圖書館。

　　當廖恩燾讀到林碧城的〈瑞鶴仙〉詞，驚嘆不已，稱讚林碧城詞達到爐火純青的地步，直逼吳文英（號夢窗、四明、覺翁）。一九五三年三月二十五日，他致信林碧城：

　　　　拜讀手示並〈瑞鶴仙〉詞，迴環數四，覺纏綿曲折，綺麗紆徐，脫胎四明「情絲牽緒亂」，情致逼真。足見揣摩功深已到純青火候。孟晉如此，令人驚佩不置也。長調費力不能猝和，錄和伯端小令三首，稀指不其謬為幸。廿八日星期六午後三時寒齋小集，務望早光。藉領教談。[22]

　　案吳夢窗乃四明鄞縣（今寧波）人，其〈瑞鶴仙〉詞首句為「情絲牽緒亂」。廖老竟然一時不能以同一長調詞牌唱和林碧城，乃姑且以三闋〈臨江仙〉小令回覆，其中一首如下。

臨江仙

　　　　碧城示援覺翁體〈瑞鶴仙〉贈一峰詞，不能猝和，步前令均再媵此

　　　　玉鎖放鶯飛去後，傳書鳥也潛蹤。沈腰休悔柳條同。為伊憔悴，值得不禁風。

　　　　陸海慣看船市散，臘殘水複山重。夕陽無語入疎

22　原件收藏於香港中文大學圖書館。

鐘。招歸檐燕，社鼓正逢逢。[23]

六、璞翁〈南鄉子〉引發社友眞情表述

一九五三年清明時節，劉伯端作〈南鄉子・春日懷少幹〉，引發一輪反覆唱和。

> 新綠漸長亭。不為王孫草自生。禁火光陰明日又，清明。魂斷家山路幾程。
> 相約酒同傾。酒薄翻愁醉不成。身世悠悠雖健在，堪驚。猶勸花間惜晚晴。

廖恩燾讀罷劉伯端詞，百感交集。賦詞二首與之唱和。第一首「自述」，寫給劉伯端，回視自己有生之年的上下求索、不斷追尋，並慨嘆自己情感上的糾結。第二首寫給堅社三位社友林碧城、區少幹、陳一峰，表達了老人和晚輩詞友間的濃厚友情。廖恩燾的兩首小令，讀來格外感動，令人不勝唏噓。一九五三年清明時節，廖恩燾時年八十九歲，為他去世的前一年。

南鄉子　次伯端〈春日懷少幹〉均，自述

笠屐醉翁亭。拼有涯能遣此生。底笑歐陽公短視，

明明。世路吾猶不辨程。

　　酒為讀騷傾。夢與靈均說目成。三放鶯飛（本事）
垂老悔，還驚。濺淚花前眼未晴。

南鄉子　酬伯端，因簡碧城、少幹、一峯

　　霞碧蔚城重。老幹撐雲起一峯。詩自大蘇詞小晏，
攜翁。海躍蟾高氣吐虹。

　　莫恨晚相逢。麗景天留晚照紅。家世驪珠探得早
（劉禹錫、元微之、韋楚客在白傳第各賦詩。劉詩先成，白覽之
曰：四人探驪龍，子先得珠，其餘鱗爪使用。遂罷唱。世稱壓倒
元白），情濃。寫入桃花旖旎風（《史記・司馬相如傳》，
旖旎從風。注：婀娜也。又《楚辭・九辨》：紛旖旎兮都房。注：
華盛貌。）。[24]

　　第二首詞的前兩句即景生情，同時點出三位詞友：林碧城、
區少幹、陳一峯。廖恩燾與他們之間年齡相差較大，在香港相逢
又很晚，但是由於他們對詞的共同愛好，成為忘年交和摯友。

　　劉伯端有感於廖恩燾和作，再賦〈南鄉子〉回復，詞句深
情、幽默、豁達，用以安慰廖恩燾。

24《番禺林碧城先生藏故舊翰墨選輯》，頁 34-35。

南鄉子　懺菴寄詞有「三放鴛飛應自悔」之語，賦此慰之

赤柱鬱孤峰。芝术偏宜百歲翁。睡足鴛衾紅日上，窗東。影樹亭亭入望中。

換羽又移宮。敲缺瓊臺曲未終。遘着舊情雖過眼，能鐘。一笑相看酒面紅。[25]

劉伯端意猶未盡，又作〈憶江南・春恨〉一闋，繼續勸導廖恩燾。

心一片，常似白雲閒。錯被東風邀作雨，滋他春恨遍人間。返岫料應難。[26]

幾位詞友反覆唱和。林碧城為廖、劉二老真情所動，亦填詞一闋。

南鄉子　步璞翁韻，酬影樹亭主人

樹影蔭幽亭，綠遍池塘草自生。文藻江山舒秀句，明明。一片冰心萬里程（用彊邨題懺庵詞意）。

仰止寸衷傾，庾信文章老更成。俊賞《霜花腴》譜

25　同上注，頁163。
26　同上注，頁163。

在，堪驚。天外桃開照晚晴（袁子才詩「若道風流老無分，
夕陽不合照桃花」）。

　　幾位摯友的詞句：「猶勸花間惜晚晴」；「海躍蟾高氣吐虹」；「莫
恨晚相逢，麗景天留晚照紅」；「天外桃開照晚晴」，不僅僅描述
了時節變化之景色以及老詞人之心境；時至今日，讀者也可以將
其理解為堅社之橫空出世、絢麗多彩、以及其即將逝去的晚景。

　　廖恩燾去世後，劉伯端賦〈木蘭花慢・挽廖懺盦丈〉，痛弔
亡友。詞中劉伯端再次提起當初廖恩燾〈南鄉子〉詞中語。「記
空山月冷，哀絃夜奏，影樹亭西。當時。謾留一語，悔白頭三度
放鶯飛（用丈本事）。佇立斜陽淚滿，馬塍花落誰知。」

七、夫人生日，鳳老留唱和墨跡

　　一九五三年，廖恩燾夫人碧桐八十五歲生日，廖恩燾致信林
碧城，希望他作生日和詞。廖信云：「碧兄鑒：內子生日詞伯端
和〈浣溪沙〉一首。送上箋二唒，並錄拙作二闋，請兄賜和書諸
箋上，並加蓋印，以便裝潢懸掛以光蓬華。」廖恩燾附寄新詞
兩闋：〈浣溪沙・碧桐君生日家宴，即席口占，約伯端、碧城賜
和〉；〈西子妝慢・碧桐君生日，余必歲撰一詞。今年八十有五，
聊復爾，拈夢窗自度腔，欣然勸巨觥焉〉。廖恩燾〈浣溪沙〉原
詞如下：

　　　壇坫曾傳內助賢，凌波踏遍六鼇煙，壽逢八十五
開筵。

鴕獸勸殘青角兕，鵷禽修到白頭鶿，客邊談笑似家
園。[27]

林碧城應廖恩燾請求，作詞〈浣溪沙‧壽碧桐太夫人，和鳳
丈韻〉。

南斗星高岳降賢，西池日暖玉生煙，笑看王母又
開筵。
人羨碧桐棲老鳳，天教白首眷文鴛，雙輝長照好
林園。

一九五三年六月三日，廖恩燾致信林碧城，言天津巢章甫家
人希望堅社詞人為其《海天樓讀書圖》題詞。[28]廖呈示林碧城其
作品〈摸魚子‧題天津曹章甫「海天樓讀書圖」〉（廖恩燾誤將
巢章甫的姓「巢」寫成「曹」），並邀請林碧城一道為畫題詞。
林碧城欣然應允，作〈燭影搖紅‧題海天樓讀書圖〉。日後劉伯
端亦有題作。

此外，廖恩燾又有其它唱和林碧城詞的作品，如〈桃花憶故
人‧碧城示「三姝媚」詠燭詞，報以斷章〉;〈玉樓春‧口占和碧
城題湯定華所畫扇均〉。湯定華當年是林碧城的門生，如今又同

---

27 原件收藏於香港中文大學圖書館。

28 關於巢章甫及其《海天樓讀書圖》，見巢章甫著、巢星處等整理:《海
　　天樓藝話》（北京:人民美術出版社，2009 年）。

是堅社詞友，兩人感情甚篤。廖恩燾〈玉樓春〉和詞云：

> 袞衣何貴蓑何賤，熟讀齊諧知世玩。水曾歜浦幾關
> 心，山未匡廬真識面。
> 掌孤那便群眸掩，雲散神龍尾終見。池亭飛滿瘐公
> 塵，喜得萇弘障有扇。[29]

一九五四年四月，九十高壽的廖恩燾去世，堅社結束。雖然
詞社不再，昔日堅社詞友仍然唱和應答，往來密切。他們彼此之
間情意深長。廖恩燾之後，與林碧城唱和最多是劉伯端。

八、碧城與劉氏叔姪唱和

大約是一九五四年春天的一日，劉伯端致信林碧城，想念詞
友，希望與之聚會：「多日不晤，渴想清輝。西園花事闌珊，倍
增惆悵，以〈高陽台〉長調寫之。錄呈郢正。能賜和則更佳也。
何時有暇請以電話約敘。」[30] 在這封信裏，劉伯端附錄他的傷春
詞〈高陽台〉。

---

29 原件收藏於香港中文大學圖書館。

30 《番禺林碧城先生藏故舊翰墨選輯》，頁 184。

高陽臺　春去多時，更無人惜，酒邊成拍，以當驪歌

芍藥風闌，荼蘼信短，驚心日月催輪。閒過花時，
年年枉賦傷春。新絲綠拂旂亭柳，怪成陰，不解留人。
更淒然、碾盡香軿，草又如茵。

重來我亦玄都客，誤幾番回首。紫陌紅塵，舞歇歌
殘，何曾共欸清尊。斜陽祇為闌干暖。問天涯，孤影誰
親。便無情、勞燕東西，也惜離群。

劉伯端給林碧城的多封信中有一個值得一提的情況，即寫有
類似「何時渡海之便，尤盼快談」、「有暇請以電話約敘」、「再
圖良會」等話語。他期盼更多與林碧城相會論詞。這些信有近十
封之多。劉伯端如此名重於香港詞壇，卻虛懷若谷盼與詞壇後進
共同研討，也可見林碧城在詞的造詣與見解深得劉伯端的重視，
並同樣期盼與劉伯端交談，聆聽教益。這也反映了堅社社人的
風格。

劉伯端又賦〈高陽臺·折枝桃花呈文老〉詞：

崔護來遲，劉郎去後，此花知為誰開。欲折偏憐，
靈根無地堪栽。鏡中向我嫣然笑，似玉真、偷下瓊臺。
護重簾，蜂蝶休狂，風雨休催。

華年五十驚彈指（余年六十九），記仙源乍引，瑤
宴曾陪。世短心長，曲翻紈扇生哀。惜花卻怨花無語，
替離懷、蠟淚成堆。莫相違，未泣清尊，且共低佪。

林碧城和璞翁，作〈高陽臺‧和璞翁桃枝詞〉：

綵扇歌沉，紋笙夢冷，一枝愁倚黃昏。薄命憐卿，遙知花也如人。胭脂水澀銀瓶淺，悔當初、換葉移根。更無言，坐想仙溪，靜掩重門。

情深縱比潭千尺，渺微波何託，難訴殷勤。花落花開，那知誰怨誰恩。　梢頭若有青丸結，漫空留、一味酸辛。黯銷魂，舊曲吳謳，又惹啼痕。

劉伯端致信答覆林碧城，並作〈鷓鴣天‧桃花〉和林詞。劉信云：「前誦尊作長句有同情之感。弟不能詩，近得〈鷓鴣天〉賦桃花一闋，聊以當和，錄呈大教。此致碧城詞長，弟伯端頓首。」[31]

鷓鴣天　桃花

片片東西各自飛。淒涼王建舊宮詞。不貪結子紅仍落，漫道成陰綠亦稀。

春冉冉，日遲遲。惜花追想未栽時。劉郎去後須回首，寄語玄都道士知。

31《番禺林碧城先生藏故舊翰墨選輯》，頁 188。

林碧城收到劉伯端新詞後，再次回覆劉伯端，賦〈鷓鴣天·和璞翁〉：

> 潭水情深共載時，一枝無語但依依。可憐杜牧成陰句，竟是劉郎惜別詞。
>
> 春未老，鬢先絲。每逢佳節倍相思。年年幾點清明雨，灑向花前似淚垂。

林碧城去世後，劉伯端回想這段往事，感慨不已，為其舊作〈鷓鴣天·桃花和碧城詩意〉重寫一篇深情的序言。序云：

> 王建〈宮詞〉：「樹頭樹尾覓殘紅。一片西飛一片東。自是桃花貪結子，錯教人怨五更風。」劉夢得〈過玄都觀〉絕句：「紫陌紅塵拂面來，無人不道看花回。玄都觀裏桃千樹，盡是劉郎去後栽。」林碧城感唐人詩句，賦桃花詩相贈。余倚〈鷓鴣天〉答之。不謂碧城先我物化，又少一人為花惆悵爾。[32]

一九五四年清明期間，劉伯端賦〈蝶戀花〉「今歲清明逢上巳」，呈送林碧城，並請林唱和。

---

32 劉景堂，《劉伯端滄海樓集》，頁 202-203。

蝶戀花

　　今歲清明逢上巳，乃梅溪詞也。余少日曾借用為〈蝶戀花〉起句。全闋不足錄，拍亦忘之。忽忽四十三年，又同日兩逢佳節，舊情回首，倍覺淒然，依調自和一闋，仍以此句為首：

　　今歲清明逢上巳。四十三年，冉冉流波逝。門掩舊題都不記。桃花紅損東風淚。

　　未覺浮生仍夢寐。休問朱顏，衰髮能餘幾。目倦危闌誰共倚。家山祇在斜陽裏。

碧城詞長正拍，並乞和作　璞翁[33]

　　林碧城欣然應璞翁之邀，作和詞〈蝶戀花‧和璞翁〉，並寄呈劉伯端、劉子平等友人。

蝶戀花　和璞翁

　　今歲清明逢上巳。佳節殊鄉，長恨人千里。一闋新詞愁滿紙，曲中誰解劉郎意？

　　往事淒迷如夢裏。朵朵桃花，點點相思淚。樓外池塘風又起，可憐心共浮萍碎。

---

33 《番禺林碧城先生藏故舊翰墨選輯》，頁 183。

　　一九五四年四月十三日，劉子平致信林碧城，讚賞其新作〈蝶戀花〉並附寄自己新填〈蝶戀花〉詞。他在信中寫道：「頃承寄示〈蝶戀花〉新詞，句淺意深，筆透辭達，寫本事而能悱惻纏綿，絕非淺嘗者所能及。讀之只覺悱徊於心而不能去。佩極，佩極。端姪亦同此傾服也。」[34]

蝶戀花

　　伯端二十四歲時上巳日適逢「　」（原稿殘破），詞首句是「今歲清明逢上巳」「　　」（原稿殘破），此句鬘前調，計相去四十三載矣。年華「　」（原稿殘破）盡，人事都非，感和一闋。

　　今歲清明逢上巳。兩度佳辰，多少傷心事。白髮禁春能有幾，江波煙柳都成淚。

　　墜夢枯盟看逝水。未卜他生，且惜當年意。映盡朱顏終不似，桃花何苦紅如此。

　　就桃花一題，劉子平詩詞頗多，並呈送林碧城，其中包括七絕〈桃花將謝作〉；〈鷓鴣天·蕙纕詢伯端以水仙與桃花孰佳，伯端填「鷓鴣天」詞以答。率和一闋〉。

　　一九五四年，劉子平作〈水族箱〉詩組，並呈錄林碧城。原詩一共絕句六闋並序。林碧城賦詞和之，題為〈踏莎行·子平丈

有詠水族箱詩，辭意深美。誦後即拈此解寄之〉。七月四日，劉子平致信林碧城，云：「汝珩先生大鑒，拜讀手翰〈踏莎行〉詞，深切妙逸，佩服之至。惟過承獎許，愧弗克當。僅和一闋，敢乞誨正為幸。」[35]劉子平亦作〈踏莎行〉一闋回應林碧城。林碧城再和劉子平，賦〈踏莎行・答子平丈，依用前詞結句〉。劉子平甚為感動，於九月四日致信林碧城，云：「前承再贈〈踏莎行〉新詞，上星期始由伯端交來。拜讀之下，韻味雋永。尤愛讀下闋收尾二句，惜塵俗庸才，何敢希蹤昔賢？獎籍逾恆，既感且愧耳。專覆。敬請台安。」[36]劉伯端也賦詩和其叔父劉子平原詩〈水族箱〉。

　　丁酉年（一九五七年）林碧城為劉景堂詞卷《空桑夢語》題詞，作〈木蘭花慢・題璞翁「空桑夢語」〉。本年中秋節林碧城賦〈水龍吟・丁酉閏中秋和璞翁〉。此詞氣勢恢宏、不同凡響，常被聲家學者引用，是年年末劉景堂七十歲。

　　一九五七、一九五八年間，劉景堂作〈點絳唇・七夕〉呈示林碧城，亦賦得〈鷓鴣天・紅豆詞〉。林碧城作〈浣溪沙・紅豆〉，〈鷓鴣天・戊戌七月〉。

九、碧城與堅社之外詞人、詩人之交遊唱和

　　不少詞界晚輩慕名而來，嚮往碧城，期待與之交遊唱和。例如，黃繩曾賦〈蝶戀花〉一闋，和林碧城詞與劉景堂詞。

35　同上注，頁 123。

36　《番禺林碧城先生藏故舊翰墨選輯》，頁 125。

蝶戀花

前在抱璞齋承詠新詞，嚮往彌深，曾奉和一闋，久未錄寄。昨高軒見過，公事旁午憶錄未竟，今謹補呈至乞正拍。

今歲清明逢上巳，怨柳顰桃，往事輕輕逝。昔夢如煙難省記，餳簫咽盡樽前淚。

一樣簾櫳人不寐，寂寞欄杆，凝睇還能幾？花近高樓休獨倚，春風闖入愁懷裏。

　　　　碧城詞丈　黃繩曾倚聲　九月七日 [37]

　　醫生、詩人周懷璋之住所「抱璞齋」也成為文人聚集的場所。周懷璋呈示林碧城一闋律詩〈抱璞齋春茗〉。劉子平向林碧城出示律詩兩首，題為〈懷璋醫生春夜雅集，以事未赴。主人有詩索和，次韻賦呈〉；〈癸巳三月初一，夜讀懷璋假閱「嚴既澄詩詞」卷〉。

　　已負盛名的林碧城也與年輕一代文人交遊。《碧城樂府》的一首詞為〈洞仙歌·月當頭夜，潘園雅集，戲拈一解〉。此詞寫於丁酉年（一九五七年），為林碧城去世前兩年。潘園乃潘新安所築家園，時名「幼稚園」，取青春常駐之意，後園子重築，改名「小山草堂」。在其《草堂詩緣》書中，潘新安緬懷林碧城，抄錄林碧城詞〈洞仙歌〉，其序曰：「丁酉月當頭夜，集幼稚

37　同上注，頁 321。

園。」[38] 潘新安呈錄數首詩作給林碧城：兩首絕句與兩首題為〈打令嫁人〉的律詩，其中七絕一首後來收錄於其詩集《小山草堂詩稿》內的「游情集」。其詩云：「鵲橋豈是桑間約，好夢驚回一縷煙。安得小星隨手摘，細君還說見猶憐。」[39]

　　一九五九年初，林碧城辭世。劉景堂作《挽林汝珩》聯，表達了痛失摯友的哀情：「語重臨歧，才罷驪歌傷薤露；神傷舊社，那堪擊節失知音。」[40] 林碧城雖然早已離世，但是他留下的文化遺產值得後代回味和研討。

38　潘新安：《草堂詩緣》（香港：大同印務公司，1972 年），頁 14。林碧城原詞墨跡，見鄒穎文編：《南海潘新安先生草堂詩緣翰墨選輯》（香港：香港中文大學圖書館，2012 年），頁 48。

39　潘新安：《小山草堂詩稿》（香港：信義印刷公司，1970 年），頁 2。

40　黃坤堯：〈劉伯端詞事繫年〉，《人文中國學報》（第二期，1996 年），頁 239-240。

第四章

林碧城之詞風、人格與情感世界

　　由於相關的原始材料充足，本章將林碧城作為堅社詞人的一個具體案例探討。通過他與香港詞壇其他人的交往和唱和，我們得以窺視整體詞壇的情況。當其在世之時與去世之後，香港詩詞界對林碧城的詞作以及人格極多讚美之語。前輩廖恩燾、劉景堂、劉子平等人欣賞欽佩林碧城的詞作與為人，而隨着時間的推移，香港文壇晚輩則對林碧城敬仰有加，期望與之交遊。

　　一九五一年底，林碧城加入堅社後的第一個課作是〈過秦樓‧石塘晚眺〉，共有二篇。廖恩燾和劉景堂高度評價林詞。廖恩燾四天內兩次致函林碧城，讚譽他的詞作，並與其討論〈過秦樓〉詞牌的來歷。

　　林碧城原詞二首如下。

過秦樓　石塘晚眺

　　霧罨峰鬟，浪搖燈影，隱隱玉繩初轉。衣香巷陌，海氣樓臺，幾處畫簾高捲。人面髣髴桃花，無奈當筵，曲屏遮斷。歎紅牆咫尺，空餘魂夢，慣無拘管。

　　休見說，信美湖山，多情燈火，不稱茂園心眼。樓頭縱有，歌舞紛紛，祇怕拍沉聲變。羅袂霜風自驚，何

事伶俜，天涯猶戀？問危欄遍倚，誰見青衫淚滿？

過秦樓　懺庵再賦〈石塘晚眺〉並屬和韻

印粉欄干，隔花窗牖，望斷碧雲秋杪。零歌賸舞，鏡底燈前，似有淚痕偷照。休唱徹《念家山》，愁裏何堪，怨琴悽調？正青衫濕遍，相憐無計，玉籠嬌小。

回首處，落日樓臺，飛花岐路，倦夢似絲還攪。樑空去燕，巢喜遷鶯，頓改舊時囀笑。殘畫滄洲最憐，岑寂魚龍，迷離舟櫂。問韓陵咫尺，誰賦朱崖淚稿？

廖恩燾致林碧城信云：

碧城詞長我兄道案：

頃拜誦吾兄並曾希穎兄〈過秦樓〉社作，迴環至再，覺銓題貼切，韻味悠然，一唱三歎之中，令讀者搖魂蕩魄，良深佩慰。佩者佩槧上何多大才，慰者慰堅社之增光不少也。〈過秦樓〉調前人聚訟紛紛，源雖出於李甲一闋，而同調異名，殊難折衷一是。弟於「人靜夜」句，略參臆見，伯端頗不以為然。大約此句字數定為六字，而句法則可隨便調動耳。拙作二首已託伯兄代轉，有改竄處再錄寄呈。惟兩兄再正是幸。

匆請箸安

　　　　　　　弟燾頓首　　十二月三日 [1]

　　廖恩燾讚美林碧城的社作，說他是「大才」，「為堅社增光
不少」。廖恩燾同時講述詞牌的變遷，並與他和劉景堂商榷周邦
彥〈過秦樓〉詞中的一處如何斷句（「人靜夜」句）。

　　幾天後廖恩燾又致信林碧城，意猶未盡，繼續商討社課〈過
秦樓〉，玩味李甲、周邦彥和吳文英的各自詞作〈過秦樓〉，琢
磨其詞中如何斷句。同時，他盛讚林碧城「才華綺麗，出筆超
脫，聲界前程不可限量」。其信全文云：

碧城詞長我兄道案：

　　承和拙作，感佩無量。吾兄才華綺麗，出筆超脫，
聲界前程不可限量，企予望之。按〈過秦樓〉調剙自李
甲，周詞與之迥不相侔，疑為自度腔而襲用李作調名。
「人靜」句可作三字讀，亦可作六字讀。弟因見周詞多作
三字句，故決此調亦應有三字句。此是臆見。夢窗「湘
女歸魂佩環」下闋「生怕哀蟬暗驚」，「佩環」及「暗驚」
似均可連下讀。彊村作亦然。未能折衷一是。拙作取
巧，作三字六字讀似都無不可，願以質高明也。匆覆。

　　敬頌

撰祺

1　原件收藏於香港中文大學圖書館。

　　　　　　　　　　　　　弟燾頓首　　十二月七日
　　拙作冷臕句改「半斜荒照」，下闋改「索甚野梅嬌
笑」，「嬌小」改「腰小」。[2]

案：廖恩燾〈過秦樓〉詞如下：

> 石塘晚眺，再依聲美成，簡伯端博諸社侶一噱

　　幾日花愁，一春禽夢，夏末漸秋冬杪。排鴛翠瓦，
戲蝶紅簾，冷臕半斜荒照。臨水正洗吟眸，贏得吹來，
過雲高調。念桓伊笛弄，誰教衫舞，箇人腰小。
　　應自覺、雁早沈音，蠶絲牽恨，只苦寸腸頻攪。臺
堪試屐，池可浮杯，索甚野梅嬌笑。前度劉郎，換將源
裏呼舟，桃邊淹櫂。問奚囊否貯，殘畫滄洲淚稿。

　　劉景堂亦驚嘆林碧城這位新社友的第一篇社作。同在
一九五一年十二月七日，他提筆致信林碧城，評析其作品〈過秦
樓・石塘晚眺〉，言林碧城詞中的兩句可謂此期社課的「壓卷」
之語。

　　玉珩先生有道：
　　　連誦大作〈過秦樓〉二闋。清辭麗句，瀾翻不盡。

2　原件收藏於香港中文大學圖書館。

後一闋收筆以韓陵、朱崖二事拍合連用，尤見匠心。十
分佩仰。拙作殊不貼切石塘，聊寫胸臆，遠不及公等之
描寫盡致。甚愧甚愧。會當約希穎趨府快談。

　　此頌

台祺

　　　　　　　　　　　弟堂頓首　　十二月七日
　　此次〈石塘〉諸作，當以「衣香巷陌，海氣樓臺」
二句為壓卷也。又及。[3]

　　〈過秦樓‧石塘晚眺〉後的堅社社課是〈石州慢‧辛卯月當
頭夜，小集林碧城書齋〉。按推算，時間大約是一九五一年十二
月十三日，社課在林碧城家中舉行。緊接着是一九五一年十二月
的最後兩期社課〈酷相思〉和〈憶舊游〉。這段時間社課的舉行
極其密集，是詞社活動的一個高峰期。林碧城的社作〈酷相思〉
再次令廖、劉二老折服，贏得他們的讚美好評。

> **林碧城〈酷相思〉**
> **（一）**

　　莫負將雛巢裏燕。萬千語、丁寧遍。正煙浦舟如弦
上箭。歌未盡，絃休斷。柳欲折，腸先斷。
　　淚自長流帆自遠。怎盼得、東風轉？料今後牙牀閒

___

3　《番禺林碧城先生藏故舊翰墨選輯》，頁 146。

一半。針線也，無人管。枕簟也，無心管。

（二）

底事閉門聊種菜。曷不採、三年艾？正多難萬方同一慨。誰欲挽，橫流海？誰欲蹈，東溟海？

祇覺登樓筋力改。總辜負、餘生在。舉頭看浮雲千百態。劍莫倚，長天外。君且住，滄江外。

在一九五一年年終的短短幾日內，劉景堂兩次致函林碧城，探討〈酷相思〉詞牌。劉景堂先填一闋，呈示林碧城。

珩兄道席：

堅社之敍甚暢。歸後細審〈酷相思〉調，收句兩用疊韻真不易着手。欲仿原作尊筆調而不換意，易流為空疏浮滑；若稍事變換而無新意貫之，非板滯即且不能成句。愚意以為，於輕重疏密之間極宜斟酌。我兄詞筆靈活，當有善法以命新辭也。拙作先成。呈教。懺老亦得多闋，想已逕寄矣。

此候

台祺

弟堂頓首　　廿五日 [4]

4　同上注，頁 149。

　　幾天後，劉景堂收到林詞後，讀罷回信給林碧城，對其詞大
加讚賞。

　　珩兄吟席：

　　　　頃奉大函。領悉尊作〈酷相思〉，下闋佳極，命意
　　曲折，而又流轉清麗，詞句渾成。非但遠勝拙作，且壓
　　倒程詞。佩服之至。新年再圖良會。

　　　　此候
　　台祺，並頌新禧
　　　　　　　　　　　　　　　　弟堂頓首　　卅一日[5]

　　劉景堂對林碧城大加鼓勵，謂其詞壓倒宋人程書舟〈酷相
思〉原作。

　　廖恩燾收到林碧城社作〈酷相思〉後，亦極為滿意，讓湯定
華立即油印，傳閱社友。他寫下如此批語：「『萬方同一慨』，有
此感懷，雋妙得未曾有，佩甚佩甚。可即轉定華油印，俾社友得
有目共賞也。」

　　此後的社課是〈憶舊游〉，劉景堂首唱，堅社詞人和之。林
碧城亦填詞一闋。

5　《番禺林碧城先生藏故舊翰墨選輯》，頁 151。

憶舊游

璞翁檢舊帙卷中有殘英一瓣，乃其太夫人花下課詩時之手澤，距今五十年矣。賦詞並約同詠其事。

看香留舊帙，韻起孤絲，何限淒清。一瓣殘英薄，想花前課讀，日暖萱庭。斷紅也隨人老，滄海幾曾經。縱陟屺憑歌，循陔補句，懷思難勝。

銷凝。漫回首，任墜溷飄茵，一例凋零。獨有遺芳在，伴白頭吟望，蘭桂長馨。我正仰雲思母，相對若為情。但望極天涯，風銷畫燭和淚傾。

廖恩燾讀林碧城詞後，甚感欣慰，讚賞不已，回信給林碧城。「大作〈憶舊遊〉意深詞警，音韻悠颺，允稱佳構。拜讀至再，殊堪欣慰。堅社再集電伯端號召，屆時定必奉告也。歲之催人不多述。」[6]

劉子平以寫詩為主，並非堅社詞人，然而他與堅社成員往來密切，閱讀彼此的作品。林碧城將其堅社社作〈滿庭芳·聞歌有感〉呈示與劉子平。劉子平回信說：「手教敬悉。得讀尊作〈滿庭芳〉聽曲詞，味永致深，氣貫神流，如身歷曲終人遠之感。諧友之作無出公右，心折之至。乃承揮謙下逮，愧何克當。」[7]劉子平極力推崇林詞，給予最高評價。他興致勃勃，作絕句四首，和

6　原件收藏於香港中文大學圖書館。

7　《番禺林碧城先生藏故舊翰墨選輯》，頁98。

堅社詞人：「讀堅社詞人〈滿庭芳〉聽豔芬曲詞書後。」

　　署名「姚述」的評論家在香港一家報紙有「南北兩詞壇」的系列專欄。在「南北兩詞壇」之五、之六兩節中，他着重評論堅社詞人的風格。「香港堅社中，倒有兩位傑出的人物，一個是曾希穎，另一個是林碧城」。他列舉了曾、林二人的幾首詞後，比較他們的特點。姚述的說法恰似中肯：

　　　　大抵曾詞才氣較大，而林詞則較綿密。〈滿庭芳〉一闋，得白石的神髓，與白石的〈揚州慢〉異曲同工。林詞則與史梅溪彷彿。但他們雖取法前人，卻能有自己的面目，且沒有刻意模仿的痕跡，這樣做下去，將來必定是大家而不僅是名家。

　　　　堅社和咫社較量起來，人才是咫社盛，但不若堅社之精。咫社一般的作品平穩，堅社則有極佳的也有極壞的。咫社像故家子弟慎守先業，而堅社則異軍突出，將來能影響整個詞壇的，必是堅社而非咫社。

　　　　上文談粵東詞派，我說及陳述叔和劉伯端。這兩個人物，都和近代粵東詞風的復革有重大關係。述叔已經作古，伯端則今尚健在，他上接述叔，下啟曾林，在詞壇上的貢獻，比述叔更大。

　　姚述用「綿密」來形容林碧城詞的婉約風格，並以此區別他與曾希穎的風格。以他之見，兩個詞社相比較，堅社比咫社更富有創新、影響更大。在現代廣東詞壇，劉景堂上繼陳洵，下啟曾希穎、林碧城，起到了承前啟後的作用。而廖恩燾主持堅社，開

闢詞壇新風。

　　廖恩燾賞識林碧城詞的婉約風格。在他的一封信中，他評論、比較他自己與林碧城兩人各自填寫的詞作〈鷓鴣天〉「題汪（精衛）、胡（漢民）手書合冊」。廖恩燾寫道：「大作題汪、胡手冊含義深，用事切，微而顯，允合風人之旨。拙構叫囂露骨，愧弗兄也。」在另外一封信中，廖恩燾評價林詞〈踏莎行‧題扇寄仲嘉美洲〉，如是寫道：「碧兄詞長足下，拜讀手示並〈踏莎行〉詞，婉麗纏綿，直逼姜、史、清真，曷勝欣佩。牽牛是花，入詞不見斧鑿痕跡，加以靈心妙腕，更天衣無縫也。」另外一封信裏，廖恩燾寫道：「讀大作〈臨江仙〉一唱三歎，情致纏綿，驚佩之至。」總之，廖恩燾形容林詞「含義深」、「微而顯」、「情致纏綿」、「婉麗纏綿」、「不見斧鑿痕跡，靈心妙腕」。他謙遜地說自己的詞作「叫囂露骨」，應當避免。[8]

　　劉景堂給林碧城的信，分別對林〈過秦樓〉、〈酷相思〉、〈桂枝香〉、〈燭影搖紅〉諸詞表達了讚佩。他用「清辭麗句」、「流轉清麗」、「用意深婉」、「清圓完美」等句，讚美林的詞風。廖恩燾的信對林很多詞有評論和讚賞。對〈喜遷鶯〉、〈瑞鶴仙〉、〈過秦樓〉、〈酷相思〉、〈憶舊游〉、〈踏莎行〉、〈鷓鴣天〉等詞，他用「意警詞艷」、「纏綿曲折，綺麗紆徐」、「婉麗纏綿」、「情致纏綿」、「含義深，微而顯，允合風人之旨」等語，讚美林的詞風。[9]

8　此段引用廖恩燾信的原件收藏於香港中文大學圖書館。

9　此段引用的劉景堂、廖恩燾信的原件收藏於香港中文大學圖書館。部分刊載於《番禺林碧城先生藏故舊翰墨選輯》。

　　上述劉景堂、廖恩燾、姚述三家的評論，均推重林碧城詞的
婉約。林碧城的詞風主要表現為婉約，但也不乏豪放之作。如前
面引述過的〈玉樓春〉，廖評價「既爽朗又豪宕，大有入門下馬
氣如虹之慨」。試看林碧城詞〈摸魚子・送仲嘉兒赴美〉。

　　　　背西風、提攜何往？煙波渺渺南浦。年年傷別傷秋
　　慣，省識河橋深處。行且住。念此去、江山信美非吾
　　土。叮嚀爾汝。縱萬里乾坤，十年書劍，莫忘神州路。
　　　　憑誰訴？曷不生兒愚魯，趨庭繞膝朝暮。天涯冷落
　　霜風緊，姜被夜寒何補？千萬縷，歎白髮緣愁，哀樂
　　中年度。憑欄無語。看碧海青天，沖霄鴻鵠，振翮乘
　　風去。

　　廖恩燾給林碧城的一封信中論及此詞。他說：「碧城我兄閣
下，承示舊作〈摸魚子〉，展誦數四。覺情摯語全從肺腑傾瀉
而出，所謂真性情，不徒以麗藻紛披擅場也。至佩至佩。」[10] 王
韶生在其〈廣東詞人與香港因緣〉一文中稱：「此詞風格頗似稼
軒，其氣甚盛，其言甚壯，叮嚀數語，可使頑夫廉，懦夫有立志
也。」[11]
　　林詞詞風不論婉約或豪放，他最可貴的，也是人們最推重和

10　原件收藏於香港中文大學圖書館。
11　王韶生：〈廣東詩人與香港之姻緣〉，《懷冰室文學論集》（香港：志文
　　出版社，1981 年），頁 321-322。

折服的則是詞作表現的真性情。除了稱道林碧城的詞作外，香港文壇亦讚許他的人品。論者時常討論「性情」的問題。性情既涉及到詩人的品德，也觸及到他的詞作，所謂詩如其人。

在致林碧城的一封信中，劉子平詳細闡釋詞人「性情」的概念。他寫道：

> 汝衡先生有道：
>
> 　　拜誦新詞，極其悽婉蒼涼之致。兄所謂以真性情寫真景物，庶幾近之。兄以詞人而論詩精確如是，極佩服，惟對拙作獎許過當，未免汗顏耳。竊以為詩之一道雖首推天才，終以性情為至上，否則浮華客慧耳，何可言詩？近如展堂詩工非不深，篇亦多，祇以天才性情遜于精衛。故其詩未可必傳。精衛只「雁門關外度重陽」及「思親懷友淚同傾」二什已足千秋推之。如海藏、散源、滄趣、蒼虬四家之作均富性情之語，讀之類能沁入心脾。可知詩貴真摯，然非至性至情之人不能為也。兄持義極高，實為不易之論，然不足為別人道也。[12]

劉子平在信中強調「真性情」、「真景物」、「至性」、「至情」、「詩貴真摯」。依他之見，汪精衛的詩強於胡漢民（展堂）的詩，是因為汪的「天才性情」更高一籌。可惜我們看不到林汝珩（劉子平誤寫為「汝衡」）致劉子平的原信。但是他們二人

12《番禺林碧城先生藏故舊翰墨選輯》，頁94。

觀點似乎相同。劉子平信的結尾還有一段話：「承贈《蒼虹閣詩
集》，此為弟屢欲搜求而未得者，今竟得之，不啻賜我百朋矣。
謹謝。」可見二人情意深厚。

　　師從況周頤的趙尊嶽在《碧城樂府》序文中這樣評價林詞：

　　　　舉凡情致之所揚溢，笙磬之所應求，需乎心者發乎
　　口，逆諸意者肆諸言，遂乃自成其歌章篇什。誠吾蕙風
　　師所謂必先有「萬不得已者在」，而後始有性靈之作出
　　者。非耶？ 君小令彌見風神，近元獻父子；慢詞取徑
　　南宋，間倣稼軒。媚而有骨，壯而有彩。寄託遙深，
　　低徊欲絕。山河之感，氣類之雅，燕婉之私，一一宣
　　洩。[13]

　　王韶生在上述那篇文章中也引了況周頤《蕙風詞話》的「詞
心」之論：「吾聽風雨，吾覽江山，常覺風雨江山外，有萬不得
已者在，此萬不得已者，即詞心也；而能以吾手寫吾心，即吾詞
也。此萬不得已者，由吾心醞釀而出，即吾詞之真也。」[14] 王韶
生又引了王國維《人間詞話》的「境界」的主張：「詞以境界為
最上，有境界，則自成高格」；「境非獨謂景物也，喜怒哀樂亦人
心中之一境界。故能寫真景物、真感情者謂之有境界。」王韶生

---

13 趙尊嶽：〈趙尊嶽序〉，林汝珩著、魯曉鵬編注：《碧城樂府》（香港：
　　香港大學出版社，2011 年），頁 28。
14 王韶生：〈廣東詞人與香港之因緣〉，《懷冰室文學論集》，頁 325。

認為林碧城等幾位詞人的詞作，吻合況周頤、王國維的「詞心」與「境界」之旨。

此次發現的材料中，有一本林碧城將自己所作的詞幾乎全部抄錄於內的墨跡。扉頁上有這樣一段自題辭：「《易》曰：將叛者其詞慚，中心疑者其詞枝，誣善之人其詞游，失其守者其詞屈。觀其詞以鑑其行，尊体不如尊品也。」[15]碧城以此自鑑與察人，此處亦可略見他對詞與襟懷、性情之間的關係的看法。

劉子平讀林碧城詞〈滿庭芳・聞歌有感〉、〈燭影搖紅・題海天樓讀書圖〉、〈蝶戀花・和璞翁〉後，數次致信碧城，用「心折之至」、「至佩」、「佩極」的詞句來表達敬佩之情。讀〈燭影搖紅〉後的信稱「拜誦新詞，應酬之作，能寓詠嘆懷抱，至佩至佩」。從這幾封信可以感受到他認為林碧城最難能可貴的是「諧友之作」、「應酬之作」和「寫本事」都能「氣貫神流」、「詠嘆懷抱」、「悱惻纏綿」，達到「真性情」的境界。信中還提到劉伯端「亦同此傾服」。[16]劉子平的這些評價與趙尊嶽對林的評價不謀而合。如前所述，趙尊嶽云：「舉凡情致之所揚溢，笙磬之所應求，需乎心者發乎口，逆諸意者肆諸言，遂乃自成其歌章篇什。」劉子平對林碧城的敬佩與讚揚不僅限於詞作，更在對林的為人與風範，誠如「詞如其人」。

林碧城作詞不作詩，堅社是詞社。但是林碧城與一九五〇年

15　原件已經捐獻香港中文大學圖書館。

16　劉子平這些評語，散見《番禺林碧城先生藏故舊翰墨選輯》，頁 93-133。

代的香港詩人有廣泛的交往。堅社社友中不少人既填詞又寫詩，
如曾希穎、陳一峰、區少幹、張叔儔、任援道、張紉詩。堅社之
外，詩人更多。許多詩人把他們的作品出示林碧城，林碧城亦時
而將他的詞作呈送給個別詩人，並相互評騭。除了上述幾位堅社
社友，其他與林碧城交往的詩人包括屈霑林（向邦，號蔭堂）、
熊潤桐、潘新安、余少颿、周遊、陳芑村、周懷璋、黃繩曾。他
們都呈送詩作給林碧城。在這批材料中，劉子平、陳芑村的詩作
最多，乃至每人多達幾十首詩，其中很多篇什從未見諸公眾。

　　在其《碧城樂府》序中，趙尊嶽如此總結林汝珩的一生：「林
子汝珩，振奇人也。生丁俶擾之世。學而優則仕，邦無道則隱，
治生則以賈，行誼則以儒，卒乃以詞重於時。」[17] 此言是也。林
碧城以文會友，廣結人脈，並從多方面幫助朋友。從多封信件中
可以看出，某些故舊從中國大陸漂泊來港，生活困難，向林碧城
伸手求援，林碧城則慷慨解囊相助。陳鴻慈在的他詩〈奉贈汝珩
詞家老長兄〉中，盛讚林碧城的才華、慷慨為人、以及他往日對
教育的貢獻。他如此寫道：「仙才蘇玉局，新詞姜白石。後起豈
無人，前輩誰接迹？林君汪公（精衛）交，不愧名詞伯。……倚
聲但餘事，教育徧蒼赤。」[18] 劉子平給林碧城的一封信中，讚揚
他的為人與風範。

17　趙尊嶽：〈趙尊嶽序〉，林汝珩著、魯曉鵬編注：《碧城樂府》，頁28。

18　《番禺林碧城先生藏故舊翰墨選輯》，頁86。詞中「蘇玉局」是蘇軾（東坡）。

汝珩先生大鑒：

　　奉手教。兄與屈君同獎拙作，至增愧恧。弟平生性
懶寡交遊，亦以俗薄至性情者少，酒肉徵逐非性所堪。
自識兄後知為性情中人，尤能好學深思，虛懷納善，迥
非時下士，稍涉藩籬便侈言自滿、目無餘子者可比。間
嘗與端倕稱佩弗置。靖節先生詩「相知何必舊，傾蓋定
前言」，此語於接清塵後得之。〈送春〉詞成，乞惠示，
亟欲先讀為快也。尊覆。

　　敬請大安

　　　　　　　　　　弟桐薪叩　　　五·十五 [19]

　　劉子平稱道林碧城「為性情中人，尤能好學深思，虛懷納
善，迥非時下士，稍涉藩籬便侈言自滿、目無餘子者可比。」正
是因為林碧城虛懷若谷的胸襟和為人大度的作風，他的身邊聚集
了大量的朋友和詩人。長輩知名人士馬復（字武仲，1880-1964）
在致林碧城的信中稱讚他：「屋烏之愛，此種風義，求之季世，
良不易覯。」[20] 林碧城逝世後，友人懷念追憶他。年輕的朋友潘
新安在其《草堂詩緣》中寫到：「先生胸懷磊落，性情豪爽，尤
樂於助人，友輩咸稱之。惜乎五十而卒，天不假年耳。」[21]

　　在新發現的材料中，有兩篇湯定華為《碧城樂府》所寫的

---

19 《番禺林碧城先生藏故舊翰墨選輯》，頁 100。
20 同上注，頁 47。
21 潘新安：《草堂詩緣》，頁 14。

跋。其中一篇後來收入《碧城樂府》，而另一篇迄今沒有面世。
兩篇有相同之處，也有不同之處。詞集未採用的那篇跋的開頭這
樣寫道：

> 庚辰甲申之際，公長省立廣東大學，定列諸生。公
> 逾格栽培，折節於禮。定家貧，公為之資；定疾，公為
> 之醫。謁之則溫乎其容，屬乎其言。門下四年，深知公
> 為人則仁重乎智，為學則理勝乎辭。[22]

　　湯定華回憶當年校長林汝珩的品德人格，對他的關懷和栽
培。尤其令其不能忘懷的是林汝珩對其之恩情和厚愛。在林汝珩
去世後，湯定華作詞〈燭影搖紅〉紀念他。詞序曰：「春雨中，
與潤桐先生往弔碧城，歸後復舉杯話舊，時隔鄰廢園紅棉盛發，
一時滄桑故侶之感，交集尊前，不覺淒然成調。」[23]
　　林碧城等堅社詞人，離開中國大陸，輾轉來到香港生活而不
能再回到大陸。以前自己的生活圈子和社會團體已經灰飛煙滅，
不復存在。他們的詞中往往流露出對友人、故舊的深情厚意，對
以往的懷念，以及在當下無可奈何的感受。此處可以用林碧城詞
作為例子，加以探討。

22《番禺林碧城先生藏故舊翰墨選輯》，頁 316。
23 湯定華：《思海樓詩詞鈔》（香港：缺出版資料，2018 年），頁 56。

　　香港是個包容的多元文化場所，不同信仰和政治背景的人聚集於此，眾聲喧嘩。本書這裏不評價歷史人物在政治上的是非成敗，而是注重作為詞人的情感世界，他們的文學造詣，同時用原始資料展示真實歷史，也順便交代出一些鮮為人知的歷史掌故。讀者對歷史、人物、政治有自己的獨立思考和公論。

　　當年林碧城在大陸曾有他的生活圈子和社會團體。《碧城樂府》中有一首詞：〈南鄉子・方君璧女士在日開展覽會歸來，忽忽又轉赴歐美。賦此誌別〉。這首小令，詞人信手拈來，卻氣韻流暢，情感至真。

　　　行篋稿三千，展盡湖山在眼前。比似飛鴻來復去，翩躚，萬里雲開月正圓。
　　　往事已如煙，故國西風自可憐。憑仗丹青重記省，依然，雙照樓頭一少年。[24]

　　方君璧（1898-1986）是二十世紀傑出的中國女畫家，享譽國際畫壇。她的丈夫曾仲鳴（1896-1939）在國民黨任職，為汪精衛秘書，惜於一九三九年在越南河內遇刺身亡。此詞表達了對亡友、故舊的深切懷念。詞的結句為整篇起了畫龍點睛的作用：

24　林汝珩：《碧城樂府》，頁 153。

「依然，雙照樓頭一少年」，「雙照樓」是汪精衛。[25]「一少年」，可以指代曾仲鳴，也可以指代年輕時的詞人自己。身在香港的詞人，依然對「往事」、「故國」保有揮之不去的情懷。

《碧城樂府》裏兩首詞寫與汪彥慈（汪屺，1899-）。林碧城和他是朋友，也是往日在民國政府的同事。其中一首是〈思佳客〉，詞序曰：「汪彥慈以自寫紅梅橫幅贈佩瑜九妹。畫端蓋有印文曰：『似聞佳婿是林逋』，乃雙照樓詩句也。因賦此解題諸畫上。」[26]「佩瑜九妹」是吳佩瑜，又名吳堅，林碧城夫人。汪彥慈做紅梅畫贈林碧城夫婦。橫幅右側蓋著圖章（印文）：「似聞佳婿是林逋」。橫幅左側寫了一段文字：「汝珩二兄酷愛梅花，有和靖先生之遺風。新居落成，畫此識喜。工拙在所不計也。壬辰十二月，汪彥慈並記。」壬辰十二月是陽曆一九五三年初。部分堅社詞人也做詞祝賀林碧城一家喬遷新居。廖恩燾做新詞〈畫錦堂〉，劉景堂抄錄舊作〈石州慢〉祝賀林碧城新居落成。[27]

如其詞中所道，林碧城在汪彥慈的畫上手書其詞作〈思佳

---

25 汪精衛擅詩詞，曾手書他的多首詩於條幅和扇面上贈送林碧城及其夫人吳佩瑜。一九五〇年代，林碧城在香港出資協助翻印其詩詞集子《雙照樓詩詞藁》（香港：永泰印務公司承印，日期未標明）。此書於二十一世紀重新出版。見《雙照樓詩詞藁》，汪夢川注釋，葉嘉瑩審訂作序，余英時作序（香港：天地圖書有限公司，2012 年）。堅社諸詞人對汪精衛的懷念之情，最集中的一次表現和宣洩是在他們多人為汪精衛、胡漢民手書詩詞小簡的反覆唱和填詞。任友安（援道）、林碧城、廖恩燾、劉景堂、曾希穎、張叔儔都作〈鷓鴣天〉詞，而且個別詞人為此作詞多首。見《碧城樂府》，頁 139-141，198-205。

26 《碧城樂府》，頁 61。

27 同上注，頁 181，183。

客〉（橫幅左端）。北宋時期的隱逸詩人林逋，又稱「和靖先生」，以愛梅花聞名。因為同姓林，林逋被用來指代林碧城。汪、林兩家多年來交往密切。畫與詞又使他們沈浸於對往昔的留念，並加深了當下的友情。

另一首詞是〈木蘭花慢・寄汪彥慈〉。[28] 詞上闋回憶他們兩個年輕人在南京秦淮河共度的歡快時光。詞下闋感嘆人事滄桑，時空錯位，歷史巨變。詞結尾兩句是感情的傾瀉：「明月梅花夢裏，醒來涕淚千行。」抗戰勝利後，南京附近梅花山的汪精衛墓被民國政府炸掉，詞句表露了對亡友的深切哀痛。

《碧城樂府》的一首長調是〈水調歌頭・送林建明赴美〉。林健明是亡友林柏生（1902-1946）的兒子。詞的下闋云：「傷古今，思歲月，淚同傾。乾坤萬里、浩蕩此際送君行。休負倚天長劍，誰信西風玉骨，華髮已星星。揮手征鴻去，燕雀莫相驚。」[29]本書此處不討論林碧城詞中可能的政治立場，而是審視他的友情，他作為長輩對晚輩的關懷和期待，而從中洞察其的情感世界。長輩勸說晚輩忘卻悲痛，擁有遠大抱負，走出國門，面向未來。

《碧城樂府》的最後一首詞是〈踏莎行・送小瑛世講留學加拿大〉。[30] 同樣是一首送別詞。

28　同上注，頁 48。

29　同上注，頁 45。

30　林汝珩：《碧城樂府》，頁 173。此版本將詞中「曹家續史」句誤印為「曹家讀史」，特此更正。

　　　　秋水方生，征帆掛起，乾坤浩蕩疑無際。高飛黃鵠
意如何？壯圖豈讓男兒志？
　　　　謝女工詩，曹家續史，今番應笑全無味。要憑力學
創新知，九州舞動風雲麗。

　　小瑛是林碧城老友黃蔭普（1900-1986）的女兒，故詞中稱
呼「世講」。詞上闋開頭描繪眼前的秋天景物，同時借用莊子名
篇〈秋水〉來探索一個哲學悖論：人們從狹窄的河流進入浩瀚的
大海，如何以有涯之生命追求無涯之知識。詞下闋中的「謝女」
指晉代才女謝道韞。「曹家續史」句中的「曹大家」指東漢才女
班昭，她嫁給曹世叔，人稱「曹大家」。班昭繼承兄長班固未竟
事業，完成《漢書》。與〈水調歌頭‧送林健明赴美〉一樣，本
首詞中林碧城期待朋友的子女在海外學業有成，施展才智，一展
鴻圖，並表達了對中國美好未來的憧憬。
　　上世紀中葉國共內戰結束後，中國政局與社會發生天翻地覆
的變革。一些大陸人士，尤其廣東籍人士，歷經顛沛流離，最終
來到香港安身發展。其中一些人當初在大陸是名士、官宦、教
授、學者，榮耀一時。來到香港後，他們需要在社會上為自己重
新定位、打造一番新天地。在文化上和情感上，他們走到一起，
以文會友，成立詞社，彼此唱和。詞壇、政界元老廖恩燾等人更
負有一番使命感、責任感，企望有生之年力挽現代化狂瀾，拯救
傳統文化，逆轉詞之衰微。香港的特殊地理和政治環境，以及其
相對寬鬆的意識形態，造就了一九五〇年代燦爛的香港文化景

觀。香港詞壇便是這個大環境下的一個側面，而詞社堅社更是一個突出的例子。林汝珩是這期間香港文化界的一個主要參與者，他的經歷、才華和交遊使之成為一位不可多得的人物。

第五章

堅社社課與詞作目錄考證

　　林碧城家所藏新材料的發現，使我們對堅社社課的次數、題目、以及詞作有了更全面的了解。有些社課我們以前不知道。堅社成立於一九五〇年冬，終止於一九五四年春。根據黃坤堯教授為《劉伯端滄海樓集》寫的「前言」，當時他能夠查到的堅社社課依次有如下十七期：

　　〈念奴嬌〉：粟秋、慷烈、韶生、紉詩先後和伯端登赤柱峰均，並約月課一詞，勉成此章應之（廖恩燾首唱）

　　〈一萼紅〉：初春，白石均，二期社課（廖恩燾首唱）

　　〈風入松〉：清明，集方回、梅溪句，三期社課（廖恩燾首唱）

　　〈琵琶仙〉：香港重午，依聲石帚，四期社課（廖恩燾首唱）

　　〈千秋歲〉：海灣觀浴，五期社課。伯端依謝無逸作，余繼聲淮海戲成（廖恩燾首唱）

　　〈過秦樓〉：石塘晚眺，清真聲均，堅社〔六〕期課（廖恩燾首唱）

　　〈石州慢〉：辛卯月當頭夜，小集碧城詞館。張女士畫牡丹，希穎補石，懺庵、璞翁、定華各有題詞，並約同社諸子共賦此解（林碧城首唱）

　　〈酷相思〉（廖恩燾首唱）

〈憶舊遊〉（劉景堂首唱）

〈渡江雲〉：辛卯除夕花市（廖恩燾首唱）

〈喜遷鶯〉：春山杜鵑花（廖恩燾首唱）

〈南浦〉：春水（廖恩燾首唱）

「舞會」或「觀舞」（王韶生首唱，各家所用詞牌不一）

〈滿庭芳〉：贈歌者燕芳（劉景堂首唱）

〈碧牡丹〉：木棉（劉景堂首唱）

〈浪淘沙慢〉：送春（劉景堂首唱）

〈金縷曲〉：題堅社聲家賦贈《燕芳詞冊》（劉景堂首唱）

　　劉景堂做〈金縷曲·題堅社聲家賦贈《燕芳詞冊》〉（癸巳，
一九五三年），再賦〈金縷曲·前題《燕芳詞冊》署別號傖公，
而懺盦不知余作也，擊賞不已，並和韻二闋。其小序引隨園句
云：「天涯沿路訪斯人」。余深感其意，再賦一解〉。王韶生做〈金
縷曲·次韻璞翁題艷娘詞冊〉。梁寒操（1899－1975）做〈金縷
曲·題《燕芳詞冊》〉。這些是部分堅社社友唱和之作，是否能
夠將其算為一期社課，有待考證，值得商榷。劉景堂第二首〈金
縷曲〉序云：「前題〈燕芳詞冊〉署別號傖公，而懺盦不知余作
也」。廖恩燾與劉景堂同為堅社社課召集人，但廖恩燾最初不知
道這輪唱和，亦無詞作。筆者經過再三考慮，認為這輪唱和不應
算作一期正式的新社課，最多只可以把它當做前一期社課〈滿庭
芳·贈歌者燕芳〉的繼續和餘波。堅社社課、堅社社集、與堅社
多位詞人之間的唱和，有時的確難以區分。估計《燕芳詞冊》匯

集了堅社社課〈滿庭芳・贈歌者燕芳〉中各位詞人的作品。把這
個詞冊送給燕芳時，劉景堂又賦詞一首，王韶生、梁寒操和之。

　　根據新發現的廖恩燾詞稿，堅社還安排了其他幾期社課，可
是唱和者不多，社課作品也很少出現在其他詞人的集子裏。以下
是幾期社課的題目以及廖恩燾寫的序。

社課題目	廖恩燾序
促拍滿路花	送秋，依聲清真〈思情〉一首，堅社暑假後第一期課
促拍滿路花	前闋意未盡，撫均再作，依進聲美成
促拍滿路花	前兩解似均未流動，戲擬此博伯端、碧城暨同社一粲
促拍滿路花	晏公生平不作閨幃語，余此解未盡仿冬郎體，當邀大雅見原耳
促拍滿路花	五續前題
江城梅花引	社課不限題。友約春遊未赴，因而賦感。按此調宋代作者六、七、八字數增減互異，余依夢窗
聲聲慢	社題「落葉」，除伯端與余外，定華和〈水龍吟〉、粟秋成〈霜葉飛〉，其他社侶無一人作者。伯端書來謂諸人興趣不佳、盛衰有時、社集應緩舉行等語。余恐從此輟焉，堅社不堅矣。就題再謄此解示同人，不知能賈其餘勇否耳
漁家傲	殘臘，堅社課
杏花天影	澳門亦曰濠鏡，昨因賑災募款舉行劇歌拳賽，萬人空巷。揭幕剪綵，名伶芳艷芬、紅線女獻花，甚盛事也。不意演出流血，芳伶驚愕暈眩，為之輟唱。社課選調白石自度腔，遂借以誌憾

　　廖恩燾清楚地標明這些社課的詞牌或題目。他寫下五首〈促
拍滿路花〉。新資料中發現湯定華的一首詞〈水龍吟・落葉〉。
在廖恩燾至林碧城的一封信中，他提到任道援（豁庵）的〈踏莎

行〉詠落葉詞，可惜目前尚未見到原詞。

廖恩燾計劃中的社課〈江城梅花引〉，地點和時間不清楚，也沒有發現任何其他社友的作品。這一社課似乎沒有實現，所以本書不再把它算為社課。

還有一期社課應當是〈鷓鴣天·秋懷〉（一九五三年秋）。在這批資料裏找到一些任援道（任友安）的詞作，其中三首〈鷓鴣天〉。詞的序寫明是社課：「堅社詞課和璞翁秋日感懷」、「社課秋感」。

詞牌	詞序
鷓鴣天	癸巳十月，堅社詞課和璞老秋日感懷，即呈鳳老、璞老、碧城、希穎、定華三兄及同社諸公教正（二首）
鷓鴣天	社課秋感，意有未盡再賦一首，呈碧城吾兄校正

任友安的《鷓鴣憶舊詞》收入這三闋〈鷓鴣天〉，題為「秋日感懷」。劉景堂《滄海樓詞鈔》（香港，1953 年）有〈鷓鴣天·社題秋夜書懷〉以及〈蝶戀花·前呈「鷓鴣天」社作意有未盡，再賦此解〉。廖恩燾留下的詞稿中，亦查有如下詞作：

鷓鴣天　秋夜書懷，和伯端三首
蝶戀花　伯端〈鷓鴣天〉作，意未盡再示此解，次均和之
蝶戀花（首句：「零落秋情誰解道」）

另外，林碧城、曾希穎、湯定華都有此期社課作品。由此看

來，堅社應當還有如下幾期社課：

一	促拍滿路花‧送秋
二	落葉（詞牌不一）
三	鷓鴣天‧秋感
四	漁家傲‧殘臘
五	杏花天影

因為堅社詞友的唱和之作不多，或者詞作已丟失，或者題目未標明「社課」，這幾期社課沒有被學者注意到。

在《影樹亭詞、滄海樓詞合刻》中，廖恩燾標明前五、六期社課次序。

〈念奴嬌〉：粟秋、慷烈、韶生、紉詩先後和伯端〈登赤柱峰〉均，並約月課一詞，勉成此章應之

〈一萼紅〉：初春，白石均，二期社課

〈風入松〉：清明，集方回、梅溪句，三期社課

〈琵琶仙〉：香港重午，依聲石帚，四期社課

〈千秋歲〉：海灣觀浴，五期社課。伯端依謝無逸作，余繼聲淮海戲成

〈過秦樓〉：石塘晚眺，清真聲均，堅社五期課

〈千秋歲〉和〈過秦樓〉同被列為五期社課，產生混淆。可見早期社課次數的算法不太清晰。〈過秦樓〉以前，詞社也沒定名為「堅社」。據湯定華回憶，林汝珩加入詞社後，建議廖恩燾將詞社取名為「堅社」。林汝珩參與的第一期社課就是〈過秦樓〉。

　　廖恩燾將〈南浦‧春水〉稱為「八期社集」。然而在〈過秦樓〉（第五期或第六期社課）與〈南浦〉之間，有〈石州慢〉、〈酷相思〉、〈憶舊游〉、〈渡江雲〉、〈喜遷鶯〉等社課。如此數來，〈南浦〉不應當是第八期的社課。可能社課的形式有時是「社集」，社友聚集在某處，比如廖府；有時也可能採用書信往來的形式。如果社友一起按照一個約定的詞牌或題目彼此唱和，便當算作一期社課。

　　堅社一度刊行《堅社詞刊》（蠟板油印），由湯定華負責。詞刊一共出了六期。林碧城家保存的資料裏有第三期至第六期《堅社詞刊》。這幾期的社課詞牌、題目、和作者抄錄如下。

期數	詞牌／題目	作者
第三期	〈憶舊游〉	璞翁、懺盦、碧城，了庵（曾希穎）、張紉詩、羅慷烈、張叔儔、正庵（湯定華）、韶生。
第四期	〈渡江雲‧辛卯除夕花市〉	懺庵（兩首）、璞翁、碧城、了庵、桂友（王季友）、定華、慷烈。
第五期	〈春山看杜鵑〉	璞翁、懺庵、碧城、了庵、叔儔、韶生、潘詩憲、馮霜青、定華。（案：此期標明日期：一九五二年四月一日。亦登出告示：「社課請與出題後半月內寄稿來刊為荷！」）
第六期	〈南浦‧春水〉	懺庵、璞翁、碧城、了庵、韶生、叔儔、霜青、紉詩、定華。

　　一九五〇年（庚寅）晚秋，劉景堂獨自登香港赤柱峰，作〈念奴嬌〉詞。王韶生、羅慷烈、張叔儔、張紉詩各作和詞。廖

恩燾在位於香港島半山上的堅尼地道的家中宴集詞友，作〈念奴
嬌〉詞，成立詞社，約定每月舉行一期社課。此後詞社定期舉行
社課，生氣盎然，一發不可收拾。從一九五一年（辛卯）春至
一九五三年（癸巳）冬，社課頻繁，詞人日多。堅社一大部分社
課題目因自然節氣而發：初春、清明、送春、端午、除夕花市、
春山杜鵑花、春水、送秋等等。一些社課涉及詞社社友的活動：
石塘晚眺、觀舞、聞歌等。一九五三年末，詞社社題亦因季節變
化轉而蕭瑟悽涼：落葉、秋夜書懷、殘蠟。堅社的最後一期社課
是在一九五四年（甲午）初，詞牌〈杏花天影〉。同年四月，堅
社祭酒廖恩燾仙逝，堅社結束。

　　堅社詞人的一部分社課作品散見於他們集子中，但是有些詞
人從未出集子，而且很多社作也從未發表。這次在林碧城家裏發
現的材料中找到許多以前沒有看到的堅社社作。編彙全部的堅社
社課詞作乃有益之舉，但實為不易之事。《碧城樂府》（香港大學
出版社，2011 年版）附有「參考資料：相關堅社社課諸家詞」，
但是當時仍有大量詞作沒能收集到。除了前面提到的新發現的廖
恩燾、任援道的社課詞作，還有以下從前沒有看到的詞稿。

作者	詞作
廖恩燾	1.〈酷相思〉（兩首沒發表）：「末技雕蟲甯石墜」（之一）； 「月掛霜林寒慾墜」（之二） 2.〈碧牡丹・紅棉，晏小山韻〉 3.〈碧牡丹・再仿小山〉 4.〈滿庭芳・社課聽芳伶艷芬歌，倚聲清真戲作〉 5.〈滿庭芳・再媵一解，戲博碧城一笑〉 6.〈浪淘沙慢・癸巳送春〉 7.〈浪淘沙慢・前題再作〉

（續上）

作者	詞作
張叔儔	1.〈千秋歲‧海灣觀浴〉 2.〈過秦樓‧石塘晚眺〉 3.〈酷相思‧和書舟，赤城兄正拍〉 4.〈聲聲慢‧觀舞，碧城兄正拍，叔儔初稿〉
王季友	1.〈渡江雲‧除夕花市，碧城詞長正律，季友待正稿〉 2.〈滿庭芳‧聽歌，碧城社長詞壇〉
曾希穎	1.〈石州慢‧月當頭夕，小集碧城參，用東山勻〉 2.〈酷相思〉
湯定華	1.〈過秦樓‧石塘晚眺〉 2.〈酷相思〉 3.〈石州慢‧辛卯當頭月夜，小集碧城書齋〉 4.〈滿庭芳〉 5.〈碧牡丹‧木棉〉 6.〈鷓鴣天〉（二首，無題目，應為社課「秋感」） 7.〈水龍吟‧落葉〉

　　湯定華另填詞一闋：〈臨江仙‧題贈芳艷芬公演「亂世嫦娥」〉。詞牌不是堅社社課詞牌。劉子平以寫詩為主，偶而也賦詞。他與堅社詞人互動，曾寫下四首詩，題為「讀堅社詞友〈滿庭芳〉聽艷芬曲詞書後」。

　　根據現存資料，計算起來堅社一共有二十一期社課，目前能找到大約一百七十首詞作。查到的堅社詞人、社課參與者、唱和者近二十人。他們包括廖恩燾、劉景堂、張叔儔、曾希穎、王韶生、林汝珩、張紉詩、羅慷烈、湯定華、任援道、王季友、陳一峰、區少幹、馮霜青、潘詩憲、劉子平、梁寒操。根據鄒穎文的發現，《碩果社第四集》（詞選）（香港：自刊本，1953 年）有吳肇鍾詞〈過秦樓‧石塘晚眺〉、〈渡江雲‧辛卯除夕花市〉、〈喜遷鶯‧春山看杜鵑〉，黃偉伯詞〈喜遷鶯‧春山看杜鵑〉（鄒

穎文編：《番禺林碧城先生藏故舊翰墨選輯》,〈前言〉,頁 42、
45、46）。筆者未有機會看到《碩果社第四集》而做進一步考證,
故沒有把這兩位碩果社成員及其詞作算為堅社詞人和詞作。和梁
寒操一樣,姑且把他們算作偶然的唱和者。看來,一些堅社詞作
散在各處,或已遺失。隨着新材料的發現和研究的深入,或許新
的詞作將有發現。這是我現在可以還原的堅社社課,以時間順序
羅列如下。

堅社社課大全

一、念奴嬌　廖恩燾首唱（庚寅,一九五〇年冬）		
念奴嬌	粟秋、慷烈、韶生、紉詩先後和伯端〈登赤柱峰〉均,並約月課一詞,勉成此章應之	廖恩燾
念奴嬌	重九與友約登赤柱峰,未赴。歲暮獨來,不勝俯仰今昔之感。誦柳耆卿「風霜淒緊,關河冷落」詞句,更難為懷也	劉景堂
念奴嬌	懺盦招飲山樓,同座諸子各呈一闋,仍用〈登赤柱峰〉韻,兼邀紉詩同賦	劉景堂
念奴嬌	廖懺盦招飲山樓,伯端疊〈赤柱峯〉韻同賦	張紉詩
念奴嬌	懺菴丈招飲山樓賦呈,並柬同社諸子	王韶生
念奴嬌		張叔儔
念奴嬌	（未見原詞）	羅慷烈
二、一萼紅　初春　廖恩燾首唱（辛卯,一九五一年春）		
一萼紅	初春,白石均,二期社課	廖恩燾
一萼紅	集夢窗句再媵一解	廖恩燾
一萼紅	初春,用白石韻	劉景堂
一萼紅	堅社社課,限用白石韻。與懺盦老人、伯端丈同作	羅慷烈

（續上）

一萼紅	初春雅集山樓，鳳老拈此題命賦，次石帚韻	王韶生
一萼紅	初春，同伯端、懺盦、叔儔，用白石均	張紉詩
三、風入松　清明　廖恩燾首唱（辛卯，一九五一年春）		
風入松	清明，集方回、梅溪句，三期社課	廖恩燾
風入松	前題，和伯端均	廖恩濤
風入松	再和前均	廖恩燾
風入松	餘意為賸一解	廖恩燾
風入松	清明	劉景堂
風入松	清明	王韶生
風入松	清明	張紉詩
四、琵琶仙　香港重午　廖恩燾首唱（辛卯，一九五一年夏）		
琵琶仙	香港重午，依聲石帚，四期社課	廖恩燾
琵琶仙	端午	劉景堂
琵琶仙	端午	張紉詩
五、千秋歲　海灣觀浴　廖恩燾首唱（辛卯，一九五一年夏）		
千秋歲	海灣觀浴，五期社課。伯端依謝無逸作，余繼聲淮海戲成	廖恩燾
千秋歲	海灣觀浴	劉景堂
千秋歲	社課香港淺水灣觀浴，與懺盦老人同作	羅慷烈
千秋歲	海灣觀浴	張紉詩
千秋歲	海灣觀浴	曾希穎
千秋歲	海灣觀浴	張叔儔
六、過秦樓　石塘晚眺　廖恩燾首唱（辛卯，一九五一年冬）		
過秦樓	石塘晚眺，清真聲均，堅社五期課	廖恩燾
過秦樓	前題，再依聲美成，簡伯端博諸社侶一噱	廖恩燾
過秦樓	前題，拈李景元聲均複一解	廖恩燾
過秦樓	石塘晚眺	劉景堂
過秦樓	石塘晚眺	曾希穎
過秦樓	石塘晚眺	王韶生

（續上）

過秦樓	石塘晚眺	張叔儔
過秦樓	石塘晚眺	湯定華
過秦樓	聞歌，依清真體	羅慷烈
過秦樓	石塘晚眺林碧城	林碧城
過秦樓	石塘晚眺，懺庵再賦〈石塘晚眺〉並屬和韻	林碧城
七、石州慢　辛卯月當頭夜，小集碧城詞館　林碧城首唱 （辛卯，一九五一年冬）		
石州慢	月當頭夜，小集碧城詞館。張女士畫牡丹，希穎補石，懺庵、璞翁、定華各有題詞，並約同社諸子共賦此解	林碧城
石州慢	月當頭夕，小集林碧城書齋。主人出紙索紉詩女士畫，余請作梅，女士蘸墨作牡丹，希穎為補石，余依方回聲均賦此	廖恩燾
鷓鴣天	題紉詩女士畫牡丹，希翁補石，與璞翁同看。戲成	廖恩燾
石州慢	月當頭夜，小集碧城書齋	劉景堂
石州慢	月當頭夕，集林碧城庽齋	張紉詩
石州慢	月當頭夕，小集碧城參，用東山勻	曾希穎
石州慢	辛卯當頭月夜，小集碧城書齋	湯定華
八、酷相思　廖恩燾首唱（辛卯，一九五一年冬）		
酷相思	伯端泰西友人某倫敦書來，謂別久華文，已荒不能作華函，只寫程書舟詞〈酷相思〉首句「月掛霜林寒欲墜」七字。伯端以示社侶，眾議即據為社課。余步原作均和伯端各一首（其一）	廖恩燾
酷相思	（其二）	廖恩燾
酷相思	碧城示社作，均戲成一首	廖恩燾
酷相思	「末技雕蟲甯石墜」	廖恩燾
酷相思	「月掛霜林寒慾墜」	廖恩燾
酷相思	和書舟	張叔儔
酷相思		劉景堂
酷相思		王韶生

（續上）

酷相思		曾希穎
酷相思		湯定華
酷相思	（其一）	林碧城
酷相思	（其二）	林碧城

九、憶舊游　劉景堂首唱（辛卯，一九五一年冬）

憶舊游	余年十五，隨母花下課詩，適有落瓣，拾置卷中，顧謂余曰：「遺汝異日之賞。」久漸忘懷。今檢舊帙，忽飄墜書几，色轉淡黃，理如蟬翼。悲哉！此余母五十年前手澤也。泫然賦此，兼乞堅社諸子同詠其事	劉景堂
憶舊游	伯端五十年前侍太夫人課詩牡丹花下，忽一瓣飄墜，教拾而藏諸書頁間，今無意中檢出，色淡黃而未化，因賦此調。約社侶同作，余依聲清真漫成	廖恩燾
憶舊游	璞翁五十年前侍太夫人課詩牡丹花下，忽一瓣飄墜，命拾而藏之書頁間，今無意檢出，色淡黃而未化，因賦此調。同社均有和作，余亦續聲	曾希穎
憶舊游	伯端丈五十年前侍太夫人課讀花下，適有落瓣飄墜，拾置卷中。今檢舊帙，覩色轉淡黃，理如蟬翼。因賦此調。約社侶同作，余漫成一闋	王韶生
憶舊游	伯端五十年前花下受母課詩，牡丹落瓣，拾置卷中留為異日之賞。今檢舊籍，憮然成調。予乃繼聲	張紉詩
憶舊游	和璞翁	羅慷烈
憶舊游	和璞翁	張叔儔
憶舊游	和璞翁	湯定華
憶舊游	璞翁檢舊帙卷中有殘英一瓣，乃其太夫人花下課詩時之手澤，距今五十年矣。賦詞並約同詠其事	林碧城

十、渡江雲　辛卯除夕花市　廖恩燾首唱（辛卯除夕，一九五二年初）

渡江雲	辛卯除夕花市	廖恩燾
渡江雲	次清真均並依聲再填一解	廖恩燾

（續上）

渡江雲	讀伯端作綿麗貼切，余先成兩闋深愧弗如，然見獵心喜，因再依清真聲均戲賸此解，社侶得勿笑其無聊貂續耶	廖恩燾
渡江雲	除夕花市	劉景堂
渡江雲	辛卯除夕花市	曾希穎
渡江雲	除夕花市	王韶生
渡江雲	除夕花市	張紉詩
渡江雲	除夕花市	王季友
渡江雲	辛卯除夕花市	林碧城
渡江雲	除夕花市	湯定華
十一、喜遷鶯　春山杜鵑花　廖恩燾首唱（壬辰，一九五二年春）		
喜遷鶯	春山杜鵑花	廖恩燾
喜遷鶯	曩年拈石帚此調賦洋水仙，韻與句法曇異吳、史諸家。今再檢讀，因為〈春山看杜鵑花〉，效顰成詠，質堅社同人	廖恩燾
喜遷鶯	春山看杜鵑花	湯定華
喜遷鶯	春山看杜鵑	王韶生
齊天樂	春山探杜鵑花	劉景堂
喜遷鶯	春山看杜鵑花，依夢窗體	張紉詩
喜遷鶯	春山看杜鵑	馮霜青
喜遷鶯	春山看杜鵑花	潘詩憲
喜遷鶯	春山看杜鵑	張叔儔
喜遷鶯	春山看杜鵑，用梅溪體	林碧城
喜遷鶯	春山看杜鵑	曾希穎
十二、南浦　春水　廖恩燾首唱（壬辰，一九五二年春）		
南浦	止菴又痛詆玉田〈南浦〉賦春水，余謂以「絕似夢中芳草」喻春水，雖極無聊，惟「和雲流出空山，甚年年淨洗，花香不了」卻佳。然視玉笥山人作，則小巫見大巫矣。余不揣冒昧依中仙聲均成此，再質伯端暨堅社同人	廖恩燾

（續上）

南浦	偶拈此調賦春水，適八期社集，伯端提議即據為課。老懷多傷寫音絃外，仍依聲玉笥山人	廖恩燾
南浦	伯端拈魯逸仲體，應社課賦春水。余讀之擊節，貿然步均續貂，仍守故習，依聲魯作	廖恩燾
南浦	春水	劉景堂
南浦	春水	曾希穎
南浦	春水	王韶生
南浦	春水	張紉詩
南浦	春水	張叔儔
南浦	春水	湯定華
南浦	春水	馮霜青
南浦	春水	林碧城
十三、舞會　王韶生首唱，各家詞牌不一（壬辰，一九五二年春）		
西江月	舞會	王韶生
西江月	夜觀舞會	劉景堂
玉女搖仙佩	觀舞屯田聲均	廖恩燾
春風嬝娜	前題，依聲馮雲月再成	廖恩燾
碧調相思引	觀舞	曾希穎
春風嬝娜	觀舞	張紉詩
金菊對芙蓉	社課觀舞，與懺盦、伯端二老，並希穎韶生同作	羅慷烈
聲聲慢	觀舞	張叔儔
鷓鴣天	觀舞	林碧城
十四、滿庭芳　贈歌者燕芳　劉景堂首唱（壬辰，一九五二年春）		
滿庭芳	贈歌者燕芳	劉景堂
滿庭芳	聽艷娘度曲	曾希穎
滿庭芳	聽艷孃度曲	王韶生
滿庭芳	社課歌筵感舊，同伯端、希穎、韶生	羅慷烈
滿庭芳	春夜聽芳娘度曲	陳一峰

（續上）

滿庭芳	聞歌	區少幹
滿庭芳	聽歌	王季友
滿庭芳	社課聽芳伶艷芬歌，倚聲清真戲作	廖恩燾
滿庭芳	再媵此解，戲博碧城一笑	廖恩燾
滿庭芳		湯定華
滿庭芳	聞歌有感	林碧城

十五、促拍滿路花　送秋　廖恩燾首唱（壬辰，一九五二年秋）

促拍滿路花	送秋，依聲清真〈思情〉一首，堅社暑假後第一期課	廖恩燾
促拍滿路花	前闋意未盡，撫均再作，依進聲美成	廖恩燾
促拍滿路花	前兩解似均未流動，戲擬此博伯端、碧城暨同社一粲	廖恩燾
促拍滿路花	晏公生平不作閨幨語，余此解未盡仿冬郎體，當邀大雅見原耳	廖恩燾
促拍滿路花	五續前題	廖恩燾
滿路花	送秋	劉景堂
滿路花促拍	送秋	張紉詩
滿路花	促拍送秋詞	陳一峰

十六、碧牡丹　木棉，劉景堂首唱（癸巳，一九五三年春）

碧牡丹	木棉	劉景堂
碧牡丹	紅棉，晏小山韻	廖恩燾
碧牡丹	再仿小山	廖恩燾
碧牡丹	棉	張紉詩
碧牡丹	紅棉	曾希穎
碧牡丹	紅棉	陳一峰
碧牡丹	紅棉	區少幹
碧牡丹	社課賦木棉花，依晏小山體。與伯端丈同作	羅慷烈
碧牡丹	詠紅棉	王韶生
碧牡丹	木棉	湯定華

（續上）

十七、浪淘沙慢　送春　劉景堂首唱（癸巳，一九五三年春）		
浪淘沙慢	送春	劉景堂
浪淘沙慢	送春	曾希穎
浪淘沙慢	送春	王韶生
浪淘沙	送春	陳一峯
浪淘沙慢	癸巳送春	廖恩燾
浪淘沙慢	前題再作	廖恩燾
浪淘沙慢	送春	林碧城
十八、落葉　廖恩燾首唱　（癸巳，一九五三年秋）		
聲聲慢	社題「落葉」，除伯端與余外，定華和〈水龍吟〉、粟秋成〈霜葉飛〉，其他社侶無一人作者。伯端書來謂諸人興趣不佳、盛衰有時、社集應緩舉行等語。余恐從此輟焉，堅社不堅矣。就題再謄此解示同人，不知能賈其餘勇否耳	廖恩燾
水龍吟	落葉，和中仙	劉景堂
鷓鴣天	落葉	王韶生
水龍吟	落葉	湯定華
水龍吟	落葉	張紉詩
霜葉飛	落葉（未見原詞）	張叔儔（粟秋）
踏莎行	落葉（未見原詞）	任援道
十九、鷓鴣天　秋夜書懷　劉景堂首唱（癸巳，一九五三年秋）		
鷓鴣天	社課秋夜書懷	劉景堂
蝶戀花	前呈〈鷓鴣天〉社作，意有未盡，再賦此解	劉景堂
鷓鴣天	癸巳十月，堅社詞課和璞老秋日感懷，即呈鳳老、璞老、碧城、希穎、定華三兄及同社諸公教正（二首）	任援道
鷓鴣天	社課秋感，意有未盡再賦一首，呈碧城吾兄校正	任援道
鷓鴣天	秋夜感懷	曾希穎

（續上）

鷓鴣天	（其一）	湯定華
鷓鴣天	（其二）	湯定華
鷓鴣天	秋夜感懷，和伯端　　　（其一）	廖恩燾
鷓鴣天	秋夜感懷，和伯端　　　（其二）	廖恩燾
鷓鴣天	秋夜感懷，和伯端　　　（其三）	廖恩燾
蝶戀花	伯端〈鷓鴣天〉作，意未盡再示此解，次均和之	廖恩燾
蝶戀花	「零落秋情誰解道」	廖恩燾
鷓鴣天	秋日書懷，呈懺庵丈	林碧城
鷓鴣天	秋夜	張紉詩
二十、漁家傲　殘蠟（癸巳，一九五三年冬）		
漁家傲	殘臘，堅社課	廖恩燾
漁家傲	殘臘社題	劉景堂
漁家傲	和伯端〈殘臘社題〉	劉子平
漁家傲	殘蠟	張紉詩
二十一、杏花天影　（甲午，一九五四年春）		
杏花天影	澳門亦曰濠鏡，昨因賑災募款舉行劇歌拳賽，萬人空巷。揭幕剪綵，名伶芳艷芬、紅線女獻花，甚盛事也。不意演出流血，芳伶驚愕暈眩，為之輟唱。社課選調白石自度腔，遂借以誌憾	廖恩燾
杏花天影	擬白石道人	劉景堂
杏花天影	和白石道人，依璞翁原韻	曾希穎

在撰寫本章時，筆者閱讀和參考了以下文獻：

卜永堅、錢念民主編：《廖恩燾詞箋註》（上下冊）。廣州：廣州人民出版社，2016。

陳一峰：《一峰詩存、一峰詞鈔》。香港，1961 年。

馮霜青：《翠瀾堂詞甲稿》（出書地點時間未注明）。

黃坤堯：〈劉伯端詞事繫年〉，《人文中國學報》第 2 期（1996 年），頁187-255。

黃坤堯編纂：《番禺劉氏三世詩鈔》。香港：學海書樓，2002 年。

黃坤堯：《香港詩詞論稿》。香港：當代文藝出版社，2004 年。

林汝珩：《碧城樂府》（鉛印宋體字線裝本）。香港，1959 年。

林汝珩著、魯曉鵬編注：《碧城樂府》。香港：香港大學出版社，2011 年。

林汝珩（林碧城）家藏堅社社友詞作手稿與書信。今大部分已捐獻香港大學中文圖書館。

廖恩濤、劉景堂：《影樹亭詞、滄海樓詞合刻》。香港，1952 年。

劉景堂：《滄海樓詞鈔》。宋體字線裝本。香港，1953 年。

劉景堂著、黃坤堯編纂：《劉伯端滄海樓集》。香港：商務印書館，2001 年。

羅忼烈：《兩小山齋樂府》。香港：現代教育出版社，2002 年。

《詩詞周刊》第一期至第四期。香港，1950 年代。

《堅社詞刊》第三期至第六期。香港，1952 年。

區少幹：《四近樓詩草》。香港，1970 年。

任友安：《鷓鴣憶舊詞》。香港：天文台報社，1990 年。

湯定華著、李國明、鄒穎文編：《思海樓詩詞鈔》。香港：湯氏慈善基金，2018 年。

王韶生：《懷冰室集》。台北：文海出版有限公司，1974 年。

王韶生：《懷冰室續集》。香港：志文出版社，1984 年。

曾希穎：《潮青閣詩詞》。香港，1986 年。

曾希穎：《潮青閣詩詞》（電子書）。香港：中文大學出版社，2021 年。

張紉詩：《張紉詩詩詞文集》。香港，1962 年。

鄒穎文編：《番禺林碧城先生藏故舊翰墨選輯》。香港：香港中文大學圖書館，2018 年。

□ 責任編輯：黃杰華
□ 裝幀設計：簡雋盈
□ 排　版：陳美連
□ 印　務：劉漢舉

一九五〇年代香港詞壇與堅社

□
作者
魯曉鵬

□
出版
中華書局（香港）有限公司
香港北角英皇道 499 號北角工業大廈一樓 B
電話：（852）2137 2338　傳真：（852）2713 8202
電子郵件：info@chunghwabook.com.hk
網址：http://www.chunghwabook.com.hk

□
發行
香港聯合書刊物流有限公司
香港新界荃灣德士古道 220-248 號
荃灣工業中心 16 樓
電話：（852）2150 2100　傳真：（852）2407 3062
電子郵件：info@suplogistics.com.hk

□
印刷
美雅印刷製本有限公司
香港觀塘榮業街 6 號 海濱工業大廈 4 樓 A 室

□
版次
2022 年 9 月第 1 版第 1 次印刷
© 2022 中華書局（香港）有限公司

□
規格
16 開（210 mm × 153 mm）

□
ISBN：978-988-8807-50-5